著者とユーリィ

小さい頃のユーリィ

シベリアンハスキーのルビイ

散歩の途中で（ユーリィ）

中公文庫

新編

尻尾のある星座

村田喜代子

中央公論新社

目次

新編　尻尾のある星座

I

薔薇を殺そう

犬をとるか

義弟の家へ犬の仔《こ》を見に行ったときの情景は忘れられない。段ボール箱をつなぎあわせた大きな箱の中に、六匹の仔犬が動いていた。居間にその箱は置かれていたが、覗《のぞ》くまで犬がいるとはまったく気づかなかった。部屋は静かそのもので、仔犬の鳴声もない。信じられないことだけど犬の臭いもしなかった。シベリアン・ハスキーは飼犬の理想の条件を備えていた。

結婚して子供ができるまで、わたしは長いあいだ猫を飼い続けていたが、犬は初めてだった。一匹もらって帰ろう、と言いだしたのは、動物を飼うのが嫌いだったはずの夫だ。わたしと子供はもう有頂天になった。体の大きくなる犬種なので、六匹中ただ一匹のメスを選んで、抱いて家に帰った。

夫が犬舎造りにとりかかったので、できあがるまで家に入れて飼ったが、理想の犬種の期待は裏切られなかった。鳴かないのは、シベリアの酷寒地でムダな体力の浪費を防ぐためと、狼の血が濃いためらしい。犬がワンワンと鳴くのは人間に飼われて以降のことだという。体臭が薄いのも寒冷地の犬のせいだ。

飼いだして気づいたのは、人間にこのうえなく従順なことである。保険のセールスマンのように、いきなり訪れた人間にも尻尾を振る。けっして吠えない。番犬の務めは果たせないが、ソリを引く労役犬種なので、その性質はまったく美徳なのである。吠えもせず、噛《か》みもせず、ただよく遊び、よく食べ、よく眠って、どんどん大きくなっていく。

犬に関してわたし達家族は、こんなわけでまったく幸福な出会いをした。この犬についてなにか文句をつけることなど、なにもないと言っていいくらいだった。ただ一つの困った習性を除けばであるけれど……。

というのは、ハスキーの性質で一つだけ変なクセがある。それはガサガサ、ギザギザした植物が異常に好きなことだった。鎖《くさり》をつけず庭に放し飼いする約束で貰ってきたが、幼木の杉を噛んで丸坊主にしてしまう。ツツジ、シュロの木もバラバラにされ、根から抜いて倒された。人間がチューインガムを噛むように、あのガサガサした枝や葉を噛み砕き、しゃぶるのだ。

ハスキーの一番好きなのは薔薇《ばら》だという。知人の家の薔薇の木は全滅したそうだ。あの青く鋭い棘《とげ》をガリガリ噛んでしまうらしい。こんな温和な犬がなぜ、あんな口中を傷めそうな、鋭い植物をしゃぶらねばならないのだろうか。舌を刺しそうでわたしの胸は痛むのだ。

獰猛《どうもう》な犬なら許さないけど……、と知人は微苦笑する。「薔薇をとるか、犬をとるかでね、涙をのんで薔薇に死んでもらいました」

ルビや

夜、居間の灯を消して寝室へ行く前に、窓ガラス越しに懐中電灯を照らし犬舎をのぞく習慣ができた。古い丸型の座イスを犬舎に入れている。その中に長い胴体をまるめ、胴体の上に長い顔をのせて、二歳のメス犬が眠っている。犬を飼ったのはこれが初めてなので、わたしも娘達も珍しい。

これが犬か、と思いながら小さな灯の輪に照らしだされた犬の寝顔を見る。

二年も経ったのに、やはり毎晩、これが犬か、と感心しながら見るのである。二つの大きな耳が頭のてっぺんにピッと直立している。昔、女の児が大きなリボンを頭にのせていたが、あれと似ている。さしずめ、うちの犬のリボンは黒いビロードだ。

「もう寝てる？」

「寝てる、寝てる。かぐや姫みたいな顔して眠っている」

家族でそんなやりとりをする。富士額のような黒い毛の隈《くま》どりの下に白い顔がある。

それが月光にぼうっと浮かんでいる。この犬のいかにも安らかな美しい寝顔にくらべると、うちの家族の寝顔はつくづくひどいものだと思う。

夜の犬も見あきないが、昼の犬の姿もやはり毎日眺めて感心している。どのように感心しているかと聞かれると困るが、たとえば庭を歩くとき鎌形の太い尻尾がスッと立っている。鎌の先端まで力がこもっているようで、なんとなく感心してしまう。

ハスキー犬の特徴はリズミカルな歩運びだ。これにも感心する。振子《ふりこ》のように四本の足が動く。前肢の二本の動きさえ人間にはとても真似できない軽やかさなのに、これに後肢二本の動きまで加わって歩く。よくできていると思う。

つまり、わたしは犬のすべてに感心しているのだった。寝ても起きても、歩いても、こちらをむいても、むこうをむいても、ああ、よくできていると思うのだ。そして毎日眺め、いまだに見あきない。

内田百閒《ひゃっけん》の猫を書いた随筆を読んでいると、しきりに彼は「ノラや、ノラや、ノラや」と呼びかけていた。べつに寝ている猫を呼んで起こそうというのでなく、可愛くてたまらないからだと言っている。

いくら呼び続けてもあきることがない。いくら眺め続けてもあきることがない。相手が人間ならば、もういいかげんで落着く時期だろうに、みょうなものだ。うちの犬の名はルビなので、「ルビや、ルビや」と呼んでいる。

鍋のような犬

書いているときに、家の子供が（といっても成人式のすんだ娘だが）なにかいろいろ言ってくると、うるさいと思う。しかしベランダの窓ガラスに犬の影が映ると、立って行って「なあに？」と用事を聞いてやりたくなる。

冷蔵庫がカラッポになり、その日の晩御飯の材料が切れても、買物に出るのはしぶるくせに、犬の夕方の散歩は雨が降っても傘をさし、その傘を半分以上、犬の背にさしかけて出て行く。そのくせ、わたしは人に犬好きだとか、愛犬家だと言われると心外な気分になる。犬好きというと、とくに犬だけが好きなように聞えるからだった。

昔は猫を何匹も飼っていたが、そのときもやはり、猫好きと言われるといやな気がした。それはたとえば、女性に優しい男性が、単純に女好きと評されて迷惑するのと似た心境である。

「犬の世話もいいけれど、子供の心配もしてほしい」

と、たまに娘に注意されるが、人間は口がきけるのでこちらが気を遣ってやることはないように思う。動物は口がきけないので、できるかぎり面倒をみることになるのだ。犬が小さいときは半日も家をあけると、さびしいのではないかと考えてしまう。それで何度も、「行ってくるから」と犬に言う。

子供には「行ってきます」と言うと、「行っていらっしゃい」と返事がかえってくるので、納得したのがわかる。犬はただ黙っている。ハスキーはとくにおとなしく吠えないため、よけい気になるし、ふびんになる。家の犬や猫達が口をきくようになったら、きっとどのくらいの世の愛犬愛猫家たちの心が、らくになるだろうと思うのだ。ところで、口をきかないものは動物だけではない。植物も黙っている。あれらも人語をしゃべりはじめたら、盆栽や花木の愛好家達もホッとするのではないだろうか。

わたしは以前、ガラス類や器などに魅かれていたが、これも口をきかない。黙した相手は、ただこちらからじっと見つめるだけである。そして私はといえば、さまざまなことを思うだけだ。

オートバイも黙っていたし、鍋も、便器も口を閉じていた。おかげでわたしはたくさんの想念を、彼等の上に湧かせることができた。鍋好きだとか便器愛好家だとか言われたが、今はそれが犬に替っただけである。

便器を思うように、鍋を思うように、今は犬のことを思っている。

波の引いたあと

ひと頃のシベリアン・ハスキー旋風も衰えて、最近ではなんだかゴールデン・レトリバーだとかが流行っているそうだ。人間だってグラマーがもてはやされたり、そうかと思うと木の枝みたいに痩せたのが流行ったりする。近頃は普及しすぎて、ハスキーの野良《のら》まで現われているという。

ルビを飼い始めた頃は、散歩の道を選ぶのも考えた。人通りのある道を行くと、札束を引いて歩いているようで横道へ入る。事実ハスキーは耳のはえた札束だった。散歩の途中、高校生くらいの少女が自転車を停めて、「そのハスキー、どこの店に売っていましたか。いくら（値段）でしたか」と息をはずませて聞く。

いきなり犬の横に乗用車がついてきて、窓から男の顔がヌッと現われ、「奥さん。その犬五十万円くらいですか」と言われたこともある。メス犬と知って、仔犬が生まれたらいくらほどで売るか、と聞く人もいる。こんな犬をつれて散歩するには、非常に勇気がいるのだった。

ハスキーが爆発的流行犬となる前に飼い始めた義弟も、複雑な気持だった。仔犬が生まれた時、小学生の子供が庭を見て、

「一匹五十万円で六匹だから、おじさんの所は三百万円のもうけだね。凄いねえ」

と、計算してくれたという。出産費用や予防注射の実費だけで、知人に仔犬を分けた彼は、もう産ませる気はないと言う。わたしもルビの子を繁殖させる気はない。子別れで犬も飼主もつらい思いをするし、仔犬の行先での安否まで気にかけねばならない。それに今は高値では売れず、交配の斡旋《あっせん》をしぶる業者もいるとも聞く。

かくてシベリアン・ハスキーは流行遅れの犬となった。それまで随筆にも犬の種類が書けず、人に尋ねられても「ただの犬です」と逃げていたのが、耳のはえた札束から落魄《らくはく》したおかげで、気楽に名乗れる犬になった。

今日もわたしはルビを引き、ウンチを入れるビニール袋と、離れ犬の撃退用の棒をさげ夕方の散歩に出る。ルビは自分の背中を騒々しいブームの波が包み、通り過ぎて行ったのも知らない。犬はただ犬自身を生きている。

先日また一台の車が横へきて停った。中から一人の男性が懐しそうに顔を出して言う。

「十七、八年も前、これとそっくりのハスキーを飼いました」。流行のはるか以前で、寒冷地の犬の飼い方も知らずに死なせたのだ。「今なら永生《ながい》きさせることもできたのに、かわいそうなことをしました」とつぶやく。無名にも有名にも悲喜こもごもがある。

午後の窓

午後、天気が良く、あまり窓ガラスが燃えるので、ガラス戸を開けて外を見ると、ルビが庭にごろんと寝ていた。窓は二階だ。ルビは真下に横臥《おうが》している。頭は動かさず、眼だけこちらをじっと油断なく見あげている。わたしが姿を消し、階段のほうへまわったら、すぐ起きあがって走るためだ。

「早くおりてこい」

と犬の眼が言っている。

「あとで。まだ寝てなさい」

と声をかけて窓を閉める。

ルビの耳はいつも家の中をむいているのだ。家人が居間に集まれば、自分も居間の窓の下へきて寝る。寝室へ入ると、またその部屋の窓の下へくる。日中の家はわたし一人になるので、わたしの足音や戸の開閉音を追って、台所、居間、仏間、トイレ、玄関とのそのそ移動している。そして、わたしが二階の仕事部屋へあがると、もうしばらく動くことはないとあきらめ、二階の窓の真下へきて寝て待つ。いったいどうしてこうまで、犬は人を恋い慕うのだろうか。ハスキーはとくに人間になつくというが、よその犬はどうなのかと思っていたら、本屋で『良い犬になる方法』という絵本を見つけた。中をひらくと、この良い犬とは飼主にとってでなく、犬らしい犬になろうという、犬のためのおかしな絵本だった。

その中に「飼主には思いきり飛びつこう」というのがあった。服が汚れようが、倒れようが、遠慮せず好きな飼主に飛びつけ、ということらしい。ルビに限らず世界中の犬が、飼主を恋い焦がれているようだった。人間への愛は、犬の普遍的性質なのだろう。

困ったものだ、と愛されたわたしは今日も二階の窓に立ち、考える。朝と夕の二回も散歩につれて行き、庭に放し飼いをして、好きなだけ薔薇をしゃぶらせて、頭をなで、声をかけ、これだけ愛情を与えているのに、まだ欲しがる。

なんだか見おろしていると、日光に眩《まばゆ》いルビの背中が、だんだん奇妙なものへと変っていく。穴のようだ。黒い艶々した穴である。庭の土の上に、そこだけポッカリと口をひらいた、犬の形をした深い陥没。そこへわたし達家族はせっせと、愛情を放りこんでいる。けれどその穴はいっこうに埋まる気配がないのだった。

夕方近くなり、そろそろ散歩の時間が迫ってくる。待ち焦がれながら、穴はいよいよ深く、西日に射されて美しく光り始める。バオゥと鳴いた。早くこい、と催促している。

王女の素姓

亡くなった祖母が、生前テレビを観ているとき、熱が入ると顎《あご》を胸元へつくほど落し、ぐっと下から画面を見あげた。そんな角度では見にくいだろうし、息も苦しいのではないか、と子供の頃、気になったものだ。

その後、結婚してからだが、ある時まさに自分も祖母と同じ格好でテレビに見入っていることに気がついた。以後、二人の子供達の様子を観察していると、この子達もそろってそっくりの姿勢で観ている。血というか、遺伝子のシステムに感心する。体質、性質など大事の情報の申し送りに加えて、こんな小さな情報まで伝えるものらしい。

そういえば昔の映画で島崎藤村原作だったか、父と子が火鉢にむかい合い、手を火に暖めながら、「同じだね」とその手つきを認め合うシーンがあったのを、思い出した。よく覚えていないが、掌をかざすのでなく、手の甲をあぶるような独特のクセだった。

犬の習性も親子で受け継がれており、ルビは水を飲む前に、かならず前肢を容器に突っこんで、バシャ、バシャとかく。せっかく入れ替えた水に足の砂が入り、汚れてしまうが、その儀式をすませないと飲めないらしい。義弟の家へ行くと、ルビの母犬と兄弟の犬も同じように、バシャ、バシャ、とやっている。

ある日の新聞の読者コーナーに「うちのハスキーはボールの水でも、前肢を入れて泳ぐまねをします」と載っていた。つまり同じしぐさである。その人には泳ぐように見えたのだ。飲む水をかくのはハスキー共通の習性なのだろう。

それからハスキーは宣伝カーの声や音楽に強烈に反応する。冬場、灯油売りの車が童謡の「たき火」のメロディを流しながらくると、たちまち喉の破れるような遠吠えを始める。窓ガラスはビリビリ鳴り、吠え声は遠くの町内までおびやかし、この頃は車も我家の前を通る時は「たき火」の音楽を止めて行く。

遠吠えは狼の群の習性で、本来犬のものではないらしい。ちなみに犬は鳴くが、狼は鳴かない。ハスキーは狼の系流だろうか。遠吠えはともかく、水をかいてから飲むのは、シベリアの極地で表面の氷を割って水を飲む動作の名残りだろう、と友人が言った。

イングリッド・バーグマンが映画『追想』で、記憶を失くした流転の王女を演じたが、その中のセリフ。「わたし、こわいと咳《せき》が出るんです」。そのひと言で霧に包まれていた彼女の素姓が判明する。子供達がバーグマンをまねて言う。

「わたし『たき火』を聴くと、ほ、吠えたくなるんです。バオオオーン。バオオオーン」

初めての秋

二人いる子供のうち、長女はすくすくと元気に育ち、次女は病気ばかりして手がかかった。ルビは長女のように健康な仔犬だった。わたし達は叱ったり叩いたりして躾《しつけ》をすることが不得手だったので、小さな無法者のように家じゅうを走りまわった。

ハウスができるまで屋内で飼ったため、庭も家の中も同じように駆けめぐる。座敷や廊下は毛と砂で白くなり、炬燵《こたつ》布団のはしは仔犬の唾液が乾いて黒く光っていた。叱られたことのない仔犬は天真爛漫《てんしんらんまん》で、活発だった。顔の黒いマーキングのせいもあり、オスの仔犬に見まちがえられた。

兄弟の犬達と駈けさせても、一番すばしこく、やんちゃだった。飼主のわたし達家族も、ルビのまねをしてしゃべる時、つい男言葉になってしまう。娘達はガラスに映るルビの顔を見ると角川映画を思い出すらしく、「幻魔大戦」などと言った。

そうして初めての秋が訪れたある日のこと、風のつめたい庭には、薄い日光が寒々と落ちていた。ベランダの戸を開けると、ルビがいつもの顔で、風に吹かれて座っている。わたしを見ると立ちあがり、尻尾をふって寄ってきた。

そのコンクリートの床に、点々と赤い小さなしみがついていた。それがルビの初潮だった。そうか、とうとうきたのか、わたしは思った。頭をなでると鼻を押しあててくる。後肢を見たが、まだ始まったばかりのようで、肢の毛はまだ汚れてはいない。その足元に飲み水の容器があり、水の表面にうっすらとルビの毛が浮いていた。

その夜、風呂に入っていると、吹きさらしのコンクリートの上に散っていた昼間のしみが、眼に浮かんできた。まるで人間の女の出すものとおなじしみである。それと同時に風の中に立ちあがった時の犬の姿や、しぐさや顔の表情がよみがえる。すると一歳にも満たない犬の背負ったものがまざまざと見え、涙がポタポタと落ちた。

犬の生理期間は長く、二十日以上も続いた。エサを食べなくなり、たえず塀の外に耳を澄ます。家の周囲を、鎖を引きずった離れ犬が、うろうろしはじめた。今にも塀を飛び越えて入ってきそうな、不穏な気配だった。

夫はそんな犬を追い払いに出て行く。けれどオス犬をよび寄せているのは、庭の中のルビだった。メスは一キロメートル四方へ、発情期の体臭を流すそうだ。たまに塀を越えて飛びこむオスは、ルビに追いまわされ、ほうほうの態《てい》で逃げ出した。体格が違いすぎるのだ。そのようにして一ト月近い狂躁が終った。庭に初冬の風が吹く頃、ようやくルビはもとにもどった。

ボールの笛

ヒート、つまり犬の生理が終り発情期もすんで、ようやく静かな生活がもどり二ヵ月ほども経った頃だろうか。ある朝、ルビの異常な鼻声を聞いて庭へ出るとドキリとした。犬用の玩具のボールを口にくわえていたが、それを深くほおばっていて、細長い顔の両頰が牛蛙の腹のようにふくらんでいた。

ボールが口にはまりこんで取れなくなったに違いない。すぐルビの体を押さえこみ、口に手を入れると、ボールはするりと取れた。見るとだいぶ汚れている。洗ってやるつもりで、ボールを握ったまま裏口から台所へあがると、ルビがあとを追って飛びこんできた。

わたしの前に首を伸ばし、ヒィーン！　と悲鳴のような声で鳴いた。

「ボールを返して」と訴えているのだ。その鳴声が普通でなかったので、わたしは汚れたままのボールを返した。ルビはボールを口に、脱兎《だっと》のように庭へ飛び出て行った。その日からエサをぱったり食べなくなった。理由もなく遠吠えをはじめた。二、三日後には、あれほど好きだった散歩もいやがるようになった。

「行くぞ」と夫が胴輪をふって見せると、一瞬立ちあがる。その腹の下からボールが転がり出る。すると急いでそのボールを抱いて、うずくまった。行きたい気持はあるのだが、ボールが気になって動けないようなのだ。「行かないんだな」と夫が言う。散歩はルビの命である。ルビの悲しい鳴声が庭に流れた。けれど立とうとはしなかった。

何か異常なことが、犬の心の中に起きたことだけはまちがいなかった。ルビの体はみるみる痩せていった。そのようになっても、まだわたしはルビの変化を、数ヵ月前に終ったヒートと関連づけてみることには、思いいたらなかった。

このままでは飲みこむ危険がある。それでもう一度ルビの口からボールを取ることにした。口に手を入れた時だった。つかんだボールが、キュン、と鳴った。ボールの中の笛が鳴ったのだ。それが仔犬の声にそっくりだった。思わず発情期からの日数をかぞえてみた。犬の妊娠期間は二ヵ月で、受胎していればもう仔犬が生まれてくる時期だ。

動物病院へつれて行くと、思った通り想像妊娠だった。犬は母性が強く、珍しいことではないと医師が言った。帰路、車の中で勘違いした犬に「お前は正真正銘の処女なのよ」と膝に抱いて教える。しかしルビはその後、二十日間もろくに食べず、母犬になりきって、痩せ細った胸にボールを抱いてハウスに寝ていた。

いざなう犬

人間が意志を立てて始めることも、たいていは長続きしにくい。ルビがきてから二年、毎朝六時前後には犬の散歩へ出て行く夫が、

「道で会う人達の顔ぶれが、いつのまにか変っている」

と言った。早朝の道には出会う人々の顔々がだいたい決っている。それが知らぬまに移り変り、冬場になると人影が絶える。二年間変らぬ顔は、犬の散歩の人間だけである。寒くて休みたくとも犬が約束を破らせない。犬は英国人のように保守的だ、と誰かが言っていたのを思い出す。

わたしの散歩の受持は夕方だから、夫よりは条件的にらくである。一日一回かならず外の道を歩く。こんな生活は犬がくる前はかつてなく、結婚前勤めに出ていた頃以来だ。勤めも日曜や休日はあるから、毎日外の空気を吸うわけではない。すると、現在の習慣は生まれて以来の画期的生活である。

散歩の一番の関心事は天気だ。雨の日は傘をさして、大型犬を引いて行くのは大変であ

る。毎日テレビの天気予報に見入る。それから気温にも注目する。冬季は「昨日より冷えこむでしょう」とテレビが伝えると、それだけで夕方の散歩の寒さを予想し、体がちぢかむ。夏季は「暑さが厳しいでしょう」と流すと、アスファルト道路の熱気が迫るのを覚える。

天候の心配から朝が始まるなんて、農家のようである。しかし、気がむかねば冷蔵庫がカラになるまで、十日でも半月でも家に閉じこもっていた人間には、毎日外へ出るだけで、なにか自然人になったような大した気持がするのだった。四季の日光と風と気温と湿度に体を浸し、三百六十五日の変化を皮膚に素で受けて行く。

今、季節は穏やかな春になったが、窓から外を眺めるのと、歩くのでは同じ景色でも違う。作文と名随筆ほどのリアリティの差がある。昨日ルビを引いて団地の空地にひろがる畑沿いの道を行くと、あたりは無風で春特有の湿潤した空気のレンズを透し、伸びた青葱がまるでたくさんの小蛇のように、土に逆様に突き刺さっていた。豌豆《えんどう》のつるは緑色の蓬髪《ほうはつ》になって絡み合い、支柱を昇っている。横を見ると換毛期の終ったルビの背中も、水から引き揚げたようにぬるぬると光っていた。

春の景色をことに恐しく感じだしたのは、犬の散歩に行くようになってからだ。

眼を見る犬

散歩の途中、犬が道端に落ちている物を口に入れたら、即座に叩いて叱らなくてはならないという。ガムの包み紙にビールの王冠、菓子クズ。犬はなんでも食べてしまう。夫と一緒の時は決して口にしないのに、わたしと歩いていると、パッと口に入れる。叩いて叱らないせいだと夫が言う。しかし胴輪をした犬の紐を片手に持ち、もう片方の手で犬の頭をぶつのは結構むつかしいのだ。ぶとうとするとヒラリヒラリと体をかわす。そのたびに握っている紐を引張られるので、ぶつ手のほうに力が入らない。道端でそれをやっていたら、よほどおかしな光景だったようで、近くの畑で大根を抜いていた老人がワハハハと笑った。庭に放している時など、まず十回に一回も犬の頭にゲンコが命中したためしがない。右に左にすり抜けるルビの頭を追って、ゲンコは虚しく宙を打つばかりで、犬は勢いづき尻尾をますます振り、風のようにわたしの前を飛びまわる。そのすばしこさは叱るのを忘れるほど美しくて、見とれてしまう。

こんなわけで、ルビは基本的な躾もろくに身についていない犬である。我家へ貰われてきて以後、覚えた芸は一つもない。彼女の知っているのはただ「お座り」だけで、これも義弟の家で教えられてきたものだった。しかしただ一つ、ルビにはよその犬に真似できない習慣がある。人間の眼を見、じっと眼と眼を合わせることができるのだ。

世の中にはなぜか犬を躾けるのが先天的に上手な者がいて、義妹もその一人だ。「さあ、わたしの眼を見なさい」と六匹の仔犬を、一匹ずつ自分の顔とくっつけて義妹がクセをつけたのだ。この家へ初めて犬を見に行った時、母犬のグレースと、六匹の仔犬達、マック、ロッキー、ブルース、ハーレー、蘭丸、およびルビの計十四個の眼がひたとこちらを見つめたのは、感動的な光景だった。生後四十日で我家へきた時、ルビはそれをもう一度わたし達家族との対面の場で、やってみせてくれた。お座りをして、真青な瞳でじっとわたし達一人一人を見つめた。

犬を体罰で躾けることをあきらめたわたしの、残る方法は犬との対話しかない。「お座り」と言うと「はい」とルビはわたしの前に座る。ここまでは上出来である。そこで、道端の物を拾い食いしてはいけないのだ、としゃべって聞かせる。ルビはじっとわたしの眼を見つめている。その眼を見ていると、本当にこの犬には体罰より言って聞かせるほうが合うのだという気がしてくる。「わかったの？」と聞くと「はい。わかりました」とルビの眼が言うのだった。

「それで拾い食いが直ったのか」と夫が聞く。まったくやんだというのではないが、回数が減った。直りつつあるような気がするのだ。人間の矯正でさえ至難である。犬なりに努力しているのではないかと思うのだった。

正しい犬

暖かくなってくると犬の換毛が始まる。毎日ブラッシングが欠かせないが、躾のできていない犬は、じっと座ってはいない。ブラシを見ると逃げて行ってしまう。

手招きしたり、名前を呼んだり、口笛を吹いたり、さんざん声を嗄《か》らして、駆けてくるところを手にしたブラシでサッと、背中の毛を一トこすり。犬はもう矢のように逃げ去っている。それをまた手招きし、名を呼び、口笛を吹き、脱兎のように駆けてくるところを、ふたたびブラシを構え、もう一トこすり。この調子で背中、両脇腹、頭、首と進めるのだ。

躾は根気である。この根気がわたしにはない。だから犬を叱るわけにはいかないのだ。犬の仔も人間の子も〝育てる〟のは勝手に育つが、〝躾〟は時間をかけて眼と手と口を添わせる必要がある。二人の子供達は箸の握り方も知らなかった。

母親は自分が食べるのに忙しかった。けれどよくしたもので、義弟の結婚式の披露宴のテーブルで、いつのまにか身につけてしまった。三歳と六歳の女児は、恥をかくまいと見よう見真似で、他人の手つきを習ったのだった。

こんなぐあいだから、子供は覚えるべきことは家の外で学んできて、手はかからなかった。学校の家庭訪問で教師がやってくると、「基本的な悪いことだけは絶対しない子です」などと根拠のない確信を持って言う。人の物を盗らない。弱い者いじめをしない。陰口をきかない。正しい子供の三原則である。

では良い犬の条件はなんだろう。人を噛まない。吠えない。これが二大原則だ。してみるとルビは良い犬ということになる。正しい犬なのである。それと、散歩の道では拾い食いをするのに、家の中の食べ物を盗み食いしたり、来客のごちそうを欲しがったりはしない。なぜか教えたわけでもないのに、そんな性質を持っていた。ただじっと前に座って、パッキンの傷んだ水道の蛇口のように、よだれをぽとぽと落すだけだ。

これだけ正しい犬に、他のことはよぶんではないかと思えてくる。

たとえ世の中には、庭から家へあがるのにタライの水に足を入れ、バスマットを踏んで入ってくる犬や、ブラッシングの時はお座りをして、主人が「あっちをむけ」と言うとあっちをむく、そんな犬がいてもルビには関わりがないかもしれない。そしてただ、わたしが年に二回の換毛期にブラシを振り続ければよいのである。そう思えばスッと納得してしまい、心は安らかになる。

口の中

ハワイへ旅行した人の土産にコナコーヒーを貰ったが、熱湯を注ぐとまるでキラウエア火山の噴火口のように、むくむくと溶岩色の泡が盛りあがる。朝のテーブルでコーヒーの地獄を感心して眺めていると、待てよ、うちにも前からこれとよく似た地獄があったな、と思った。犬の口である。

鋭い歯のことではない。口の端の茶色の、あのひだである。他の犬の口を観察したことはないが、ハスキーの口の端には二センチメートル幅の、薄いひだがついている。それが木をかじる時など、口の裂けめに沿ってどこまでも膜状に伸びていく。濃い茶褐色のひだで、それがめらめらと割れて伸び、嚙みついた木肌に蛭《ひる》のように吸いつくのだ。うまくできたものでこの膜がないと口が裂けてしまうのではないか。

口に手を入れて指で引張ると、烏賊《いか》の膜のようにぬるぬるして、縦横に際限なくひろがる。硬い木に嚙みついている時など、口の割れめからこのひだが露出し、ルビの顔が悪魔に変る。その顔がアクビをすると、裂けた口から恐しいヤスリのような、上顎《うわあご》の裏が覗《のぞ》いている。
祖母が昔、齢とった猫の耳をさして「奥を覗くと地獄がある」と言っていたが、割れた犬の口はむき出しのそれである。口はそれほど醜悪なのに、犬の耳はなぜか晴朗だ。アンテナのように周囲の物音へ神経を張り、澄んでいる。天気の良い日、風の中に立ったその耳が、遠くを行く自転車のベルにピクリと動く。それを見ていると、丘の上に立つジュラルミン色のパラボラアンテナの光景を連想する。

理工系的抒情の耳の下にぬるぬるの地獄をつけて、犬は庭の中をのそのそと歩いている。薔薇もツツジも杉も、ぎざぎざした好物の木は、みな根を掘って引き倒し噛み砕いてしまったので、ルビは口さびしくてならないのだ。

サッカーボールを買ってきて、暇つぶしにポンと投げてやった。数分後にのぞくと白と黒の菱形のモザイクになって、庭に散らばっていた。噛む物が欲しいのである。

それで車庫を建てた時の、残材の切れ端を与えたが、まもなく尽きた。しかたなく家の中のめぼしい木製品を庭に投げてやる。

陶器を買った時の木箱。しゃもじ。木べら。竹製の背中掻き。肩叩き。定規。それも無くなったので、台所の竹ザル。サラダボウル。小型マナ板なども庭へ飛んで行く。ルビの口がむしゃむしゃと、それらの家庭雑貨物を噛み砕く。庭の日射しの中で、茶褐色の蛭のひだがマナ板の木肌に恍惚として吸いついている。

炎昼

だんだん春の日光に勢力がつき、日射しが強くなってくると、庭から犬の影が消える。晩春から夏を越え初秋が訪れるまで、ルビのひるまの居場所は塀のきわの側溝になる。庭の中を通っているので溝の中はゴミもなく、渇いている。塀の影で太陽直射をさえぎられた溝はひんやりして、夫が数ヵ月かかって造ったハウスには寄りつきもしない。

ただ日に一度だけ正午頃、太陽が中天に止り道端の電柱の影が無くなる時刻、側溝も太陽に曝《さら》される。そのあいだルビはどこへ行くのか溝にも庭のどこにも姿はない。日蔭という日蔭が全部剝《は》ぎ取られてしまう夏の正午は、シベリア犬にとって魔の刻だ。ハウスにもむろんいない。昨年の夏、不思議に思い庭を隅々まで探して居場所を見つけた。側溝の上に植木の鉢を置くブロックの台が載っている場所がある。どこもかしこもひりひりと眼を焼くような日曝《ひざら》しの庭の中で、そこだけわずかに日蔭が保たれている。ルビはその台の下の溝にスッポリと潜りこんでいた。呼ぶと二つの耳が暗がりの中で動いた。猛暑のルビの避難壕だった。

昨年の晩春の頃は、まだルビはそんな地下壕生活はしなくても過ごせた。庭にはグミの木や杉の木があり、日蔭はいたるところに涼しい場所を広げていたからだ。それらの木々を、根から掘り、倒して、ムシャムシャと食べてしまったのはルビだった。

もともと我家の木は、盆栽の鉢を田舎の義父が田植のように庭に植えて行ったもので、地面に根づいた鉢物は生育が著しい。しかし背は低い。ルビはそれらの木を次々と倒し、盛夏を迎えた時には、自分の体を休める一本の木も残してなかったのだ。ブロック台の下の側溝の、暗闇に潜っているルビの姿は哀れだが、おかしくもある。

しかしかわいそうで、冷房の利《き》いた家の中へ入れようかとも考えた。そんなある日、側溝の掃除をしていた夫が「おい、ここは涼しいぞ」と教えた。地面より一段低く、涼風が吹き抜けて、コンクリートはよく冷えていた。うまい所を探したのだった。

昼過ぎ、塀の影が側溝の上にかかってくると、ルビはブロック台の下から出る。そしてのびのびと側溝の風の中に、手足を伸ばして寝ている。黒い毛に覆われた体が溝の中いっぱいに詰って、胴体は異常に長い。二階の窓から眺めるとそれはとうてい犬の姿には見えず、耳も尾もない。炎昼にとろけだした、奇妙な粘着質の、大型アミーバーになっていた。

不在のまに

連休の三日間を所用で上京した。帰ってくると団地の坂の所で、もうルビの顔が眼に浮かんでくる。成人した二人の娘と夫のことも多少は気になるが、犬は永遠の小児である。この小児に行先も告げず、帰る日も教えずに、突然出て行くのだから、やはり犬にとって飼主の旅行は理不尽だろうと思う。

門扉を開ける音に、庭の柵のむこうからいちはやくルビの元気な顔が現われた。ほっとして玄関の戸を開けた時、ここで内田百閒は式台の所に倒れこんで泣くのだな、と『ノラや』を思い出す。旅に出てそのあいだ気もまぎれていたのが、帰宅したとたんドッと泣き伏すのだ。ノラ失踪後八十八日目の日記である。だから情の深い人間は動物など飼うものでないと、心の中で百閒を叱りながら家へ入る。

居間に入ってボストンバッグをおろすと、夫が「窓を見ろ」と指さした。真黒に汚れていた網戸がきれいになって、外の景色が透けて見える。「張り直したんだ。家中の網戸をだぞ」といばる。連休だが夫婦の片方が旅に出ると、もう片方は犬と一緒に留守番になる。

だが妙なことにベランダの網戸は枠だけで、中は素通しだ。ルビが破ったのだと言う。

張りあげたところを、アッというまもなく頭から飛びこんだのだ。素人の網戸張りは膨《ふく》らんだり曲ったり、枠の溝に網を埋めこむあいだにも端を引き破り、見た者でないと苦労はわからない。それを破ったのである。頭をドンと入れると網がたわみ、枠の溝のゴムが外れて露出する。ルビはそのゴムをくわえて、ぐいと引張るのだ。するとただの一秒で網はゴムのパッキンもろともハラリと外れてしまう。昨年の夏はそのため庭に面した窓は網戸なしだった。

「それで、また張り直したの？」。そうだ、と夫がうなずく。

「でも網は入ってないじゃないの」

「張り直したのを、もう一度破ったんだ」。わたしは夫の顔色を眺め、眼をつぶりたくなった。ルビは一生分ほど夫に打たれたのである。胴輪を見せると喜んでやってきた。そこをとらえて、胴輪をはめ逃げないようにして打ったのだ。

いなくてよかった。いても止めることはできないだろうから、せめて見なかったことを自分の心の慰安のため、よしとしようと思った。

男と女では飼犬を呼ぶ声に違いがある。女は犬を小児と見るが、男は下男のように見る。それが声に現われる。性差によるのか、はっきりと違う。午後、散歩に出ると犬が変ったように静かについてくる。引いて行く人間も、犬もしんみりと切なく歩いた。

ルビイはルビ

連休の東京郊外も若葉の季節だった。バスの車窓から眺める林の緑がどこまで行っても見あきない。樹木の葉には固有の色と明度があって、雑木林は濃い緑から薄い緑までとりどりの若葉の、色彩の交響楽だ。いつものように頭の中で、「緑色系のシンフォニー」とか「青葉の色の渦」などと下手な言葉に組み直して確認をとる。一つの手続きだ。

観察した対象を自分の中に取り込むため、赤ン坊は見たものを握ったり、しゃぶったりする。犬は鼻で嗅《か》ぎ、なめたりかじったりする。認識は眼からそのまま入ることはなくて、自分なりのやり方で咀嚼《そしゃく》しなければならない。言葉に変えるのがわたしの方法だ。

ところが困ったことが起こる。言葉に組み直したものは、紙に書かねばすまなくなる。紙に書く対象が木や林や物である時はいいが、姓名を持った特定の人間では制約が出てくる。

それも現在生きて、自分の身辺で生活している人々になると、文章化しにくい。誰だって人は自分のことを観察されたり、言葉に変換されるのはいやなのだ。

それなのに物を書く人間は何かを誰かを、いつも呼び出したがっている。林から木を、野原から花を、群衆の中から人を、任意に選出した固有の一茎を呼び出し、それを普遍の木や花や人に変えたがる。あるいは普遍から引き出して固有に変えたがる。横山白虹《はっこう》氏は愛娘谷子さんを、そのように句へ呼び出したが、わたしが今のところ姓名を持つ者で比較的選出可能なのは、家族である。

亡くなった祖父母はおかげで度々呼び出すことができた。だが永遠の眠りについた者をあまり度々起こすのも気が咎《とが》める。そんなわけで現在わたしが一番自由に、心おきなく観察し、心おきなく言葉に変換できるのは、犬のルビだった。絵かきがモデルを眺めるようにわたしも犬を眺める。画家のアトリエには白い石膏のトルソーがあるが、ルビは生きたそれである。

犬を飼えば愛犬記、猫を飼えば愛猫記、と文章を書く者がすぐペットを書き始めるのは、本当は愛犬・愛猫記を書きたいのではなく、呼び出しても苦情を言わぬ相手だからだろう。家の犬の本当の名前はルビイである。呼びやすいのでルビとなってしまったが、わたしはふりがなのルビの意味で呼んでいる。絵かきの犬がトルソーとなるように、ルビイはルビとなる。そしてどんな文芸用語の脇にもくっついてしまう。

存在《ルビ》。普遍《ルビ》。永遠《ルビ》。と、こんな具合に文字の横へちょんちょんとお座りして、澄《すま》している。どこへ座らせても似合うように思える。

春の嵐

生後二年目の発情期が、ルビに訪れた。ベランダのコンクリートの床に、小さな血痕が二、三滴落ちていたので、たぶん季節からみても春のヒートが始まったのだろう。しかし、まだ今のところは静かである。そのうち、午前中いっぱい吠えまくり、オス犬が塀の外をうろつき出すにちがいない。静けさが気味が悪い。

昨年の春と秋のヒートの時は、庭に飛び込む犬の撃退用に、義弟がやってきてブロック塀の上に次々と金網や柵を足していった。柵ができあがるまで、飛びこむ犬と追いまわすルビとの騒動で、夜中に飛び起きたものだった。

メス犬の体臭に誘われてくるオス犬の勢いは凄くて、ビニールパイプの柵などたわませてしまう。近所では体当りして板戸を打ち抜いたという話もある。外からくるオスを待つメス犬のほうも活力がみなぎって、この時期のルビの遠吠えは家の電話の声も消してしまい、窓ガラスがビリビリと鳴る。「たき火」の宣伝カーの音楽に反応するより数倍太く、張り裂けそうな声である。

その声を聞いていると、昔、紙芝居の自転車が売っていた水飴の粘りぐあいを思い出す。真白に濁《にご》るまで竹箸をぐるぐる回し、飴を練って食べた。大型犬の声帯から出る吠え声は、その飴を引き裂くように太く長く粘る。

オス犬を呼んでいるふうには聞えず、ただ無性に吠えたくなるようだった。腹の底から絞り出し、体全体が声帯になったように声を出すので、時々思わず咳込んだりする。そしてオス犬が塀の外に現われると、気配か臭いで察知するらしく、電気に打たれたようにハッと立ち、走り寄ってこんどはバオバオとかヒンヒンとか猛烈に鳴き出す。切羽詰った声が庭に響く。

生まれて二年でこの性衝動である。生まれて何十年も経つわたし達家族は、ただなすすべもなく彼女の全魂こめた、気合と活力と物狂おしさに満ちた衝動期が終るのを、じっと電話の受話器を押えて待つしかない。義弟の家に電話をかけると、むこうもやはり発情期がきて、息子の犬が母親に飛びかかろうとするそうだ。母犬は息子を追おうとする。二匹の犬の吠え声で話がよく聞きとれない。「近親相姦になりそうだから、今も犬のそばで見張っているんです」と義妹が言った。

庭へ出るとルビがわたしに飛びついてきた。この際は相手は誰でもいいのだろう。犬の手が抱き締めやすいように、わたしもじっと立ってやる。ルビはひしとわたしの腕に取りすがり、荒い息を吐きながら腰を振り続ける。わたしは一つの嵐が吹きやむまで、立っている。

旅の前に

書下ろしのために東北へ取材に行く日時が決った。桜が咲いてから、という出版社との約束だったが、例年よりやや遅れて〝サクラ・サク〟の出発のゴーサインが舞いこんだ。平原の砂煙がいよいよ近づいてきた。もう一日のばしに本屋や文房具店に入りこんで、さ迷っている時ではない。これから数ヵ月間、毎日家の二階に閉じこもる生活が始まるのだ。昨年の夏は二階の窓のそばに机を置いていたので、家の中で日焼けした。今年は机のむきを変えよう。

旅行に出るに際しては、犬の心配があった。昨年、犬の様子の激変を見ていたので、家を空けるには発情期を外したかったが、あいにく真最中に当ってしまった。

塀の上に柵を設けてから、オス犬が飛び込む不安は解消したが、とにかく情緒不安定になり、食事は減って、午前中一杯鳴きながらうろつく。

しかし今年のルビを観察していると、なぜか落着いている。とくに食欲が落ちるふうもなかった。塀の外を行く犬の気配には嗅覚・聴覚を研ぎ澄ましているようだが、だからといって遠吠えを続けたり、鼻声を出して庭を歩きまわることもない。いつものように昼寝をしていた。

ルビにとって、最初の年にきた発情期の性衝動は、重い荷物のようではなかったかと思う。それは一歳に満たないメス犬に背負いきれない、得体の知れぬ重いエネルギーだったのだ。二歳になってたぶんルビの体は、ようやく荷を支えるほどに成長した。その性衝動とどうにか折れ合って、暮すことができるようになったのだろう。犬の病院で見たパンフレットによると、ルビは人間でいえば二十五歳の女性に相当する。いつのまにか家の娘達の年齢を越している。

旅へ出るまで、まだすこし日数があった。わたしはそのあいだに短篇小説を一つ書こうと思っている。それから二階の机の位置を変える。それから木箱や木ベラなどの木製品を集めておきたかった。わたしの不在のあいだ、夕方の散歩がなくなるぶんの埋め合せだ。

陶器の箱。木ベラ。鍋の落しブタ。家の中に古いそんなものが眠っていないか、友人達にも問い合わせる。犬にとって散歩に代るほどの慰安が他にあるだろうか。そんな物で代替できるとは思えないが、出かける飼主の慰安にはなる。今日は古い鍋の落しブタと木シャモジを、友人が持ってきた。

「本当はうちの薔薇の垣根を、持ってきてあげたいんだけど」と彼女が笑いながら言った。

猫の道、犬の道

「三日前の晩から、うちの猫が帰らなかったの」

と、友人が電話で言った。それで毎日、夕方になると、友人は夫と娘の三人で手分けして、近所を探し歩いていたらしい。オス猫は発情期になると、よく行方不明になるのである。

「それで、猫の道をたどって行くの」

家の庭のツツジの植込の下蔭を潜り、おもて通りの側溝をつたい商店街へ出る。そこから先の溝にはフタがかぶさっているので、こんどは建物の壁ぎわに雑然と置いてあるダンボール箱や、自転車、ゴミ箱などの裏を走り草原へ出る。草原の土管の中も猫の通り道なので、ひざまずいてのぞいてみる。

「そうやって猫の道を歩いていると、自分も猫になったような気がしてきたわ」

と彼女は笑った。猫は四日目の朝帰ったという。

その話をわたしが夫にすると、

「犬の散歩のときに猫をみかけるが、そういえば溝の中ばかり選んで歩いている。ろくに道も歩けずに、かわいそうなものだと思ってみるよ。犬を警戒して、道の上には出られないんだ」

犬の散歩にはわたしも行く。だが猫もかわいそうかもしれないが、犬だってみているとふびんである。しつけをした犬はよいが、うちの犬などは夫と歩くときはまっすぐ行くが、わたしと一緒だとろくに顔をあげたことがない。鼻で地面の臭いをかいで進むのだ。何時間も前に通った犬の臭いが残っていて、それをかぐのに一心不乱である。

おしっこの跡などみつけると、もう臭いを検証するのに没頭して、ひもを引いても叱っても肢を踏ン張って動かない。散歩コースを全行程、鼻で調べて歩いて行く。まったく鼻の散歩だと思う。いつだったか、犬はそうやって鼻で歩き、わたしは犬のひもを引いて歩きあぐねながら、空をみた。夕陽が団地の坂と屋根々々を、赤く染めていた。わたしはおもわず犬のひもを引き上げて、

「顔をあげなさい。おまえね、すこしは空だとか、山だとか、風景をみてごらん、風景を」

と、怒った。通りすがりの主婦が笑っていた。

猫も犬も、ふびんなことに変りはない。動物は景色などみないのだろうか、とわたしは思う。地理を知っているのだから風景をみてはいるのだろう。ただ人間のように鑑賞しな

いだけである。鑑賞には知性と感性が必要だからだ。

猫がもどってきた友人にそんなことを言うと、

「それはたしかに人間は知性も感性もあるでしょうけれど、犬や猫より忙しくて、ろくに鑑賞してやしないわ」

と話す。買物帰り団地へ登る道の、大きな銀杏《いちょう》の木が切られているのをみつけたが、夕方、夫と娘に言っても二人ともまるで気がつかなかったらしい。そういえばわたしも家の裏の林に、どのような木々が植わっていたか、どうも思い出せなかった。

犬はニンゲン

秋もたけなわになり旅に出ようと思うと、一番に気にかかるのは仕事の調整より、飼い犬のことである。犬は人間がオオカミから改良して作ったので、飼い主に従属して生きるものだ。飼い主なしには精神的にも物質的にも、幸福な犬の一生は得られない。

犬がいかに飼い主に依存しているかは、ちょっとごろ寝をしてみるとわかる。犬はたちどころに気がついて浮き浮きとそばにやってきて、これでやっと主人を独占できるとばかりに主人の尻に顔を押し当て、くっついて寝てしまう。

別役実が『けものづくし』で、犬ほど姿形、大きさの違う動物はないと言っている。犬種はブルドッグとシェパードの違い。セントバーナードと狆《ちん》では、何も知らない幼児が見たら同じ種類の動物だと思うだろうか。

いや、いや、幼児はそのどちらを見ても、犬であることを認識できるのである。あれは「ワンワン」だと答えるものだ。道端を歩いている猫たちも、彼らを見ると本能的に犬と感じて、恐怖に身をすくませる。

たぶん犬は犬の特性を持っているゆえに犬なのではなくて、その他の多くの動物と何となく違うゆえに、胡散臭《うさんくさ》さのゆえに、「犬」だと見分けられるのだろうと、別役実も言っている。

同じペットなのに猫はとくに散歩はしない。犬は飼い主が連れて出る限り上機嫌でぽかぽかと散歩する。しかも飽きもせず毎日、朝夕、同じ道を散歩することを苦にしない。飼い主のほうが飽きて道を変えようとすると、嫌がって引きずられながら抵抗する。日課を守り規則を愛する犬たちは、野良となっても夜更けの無人の交差点で、信号が青に変わるまでじっと待っているものもある。

横になればそばにきて一緒に眠り、外出するときは「置いて行くな」と涙をためる犬の飼い主の幸福から較べると、猫の飼い主は哀れを誘う。呼んでも寄ってこないものにエサを与え、メスはまだしも、オスは発情期がくると家出して二度と帰ってこないものもいる。夜更けに飼い主一家が総出で懐中電灯を手に手に、公園や空き地、川の橋の下の暗がりなどを名前を呼びながら歩いている姿は、野生動物を飼った人間の悲しさをにじませている。

友人の家では、ある大雨の日に戸をカリカリさせるものがいるので開けてみると、数年前に家出したオス猫の「モンジロウ」だった。家族は喜んだが、猫はご飯を食べてしばらく雨宿りをすると、また雨の中を出て行ってそれっきりという。野生の孤独が背中にある。

　そこへいくと以前に飼っていたシベリアンハスキーのメスは、義弟の家で生まれたのをもらったのだが、十歳で死ぬ半月ほど前に、その義弟の家に遊びに行くと、珍しく帰りたがらなくて三日も泊まったのである。そして赤ん坊のとき寝ていた場所のにおいをかいでいたという。

　ルビィが死んだ正月の五日には、その義弟夫婦もきて、わが家の成人した娘たちも帰省していて、みんなとおせち料理を食べたものだ。そして夜半、みんな「さよなら、さよなら」と帰った後、脳出血でぱたんと倒れて永の旅立ちとなったのだった。

　東京に帰った長女に電話で知らせると、「もうわかってた」と言う。実家を出るとき、

「今度は盆に帰るから、元気にしといで」

　と頭をなでると、

「でもアタシはもうだめよ。これでお別れ」

　とルビィが答えたというのだった。

「声に出して言ったの？」

「私にはそう聞こえた。でも声だったかどうかはわからない……」

　犬は動物であるが、毛が生えて尻尾はあるが、サルやライオンとは違う。信号を守って、

一生定刻に散歩して、隙あらば主人の布団に潜り込むことを無上の喜びとして生きて、死ぬときは飼い主に挨拶をする、……そういうものが一匹わが家にいて、帰りを待っている。

子供の頃「旅行の友」という名の、ふりかけがあった。犬は「旅行の敵」である。

ルビィの耳

毎年、夏になると庭に備長炭を撒く。犬を飼っていると庭土が臭うので、浴槽に入れて使った後の備長炭を、砕くのも面倒だから長いままガラガラと庭にばら撒《ま》くのだ。炭の響きを聞いているとルビィのことを思い出した。ルビィは医者でも治せなかった脂《し》漏《ろう》性《せい》皮膚炎を、自分で備長炭を食べて治してしまったのだ。

動物はときどき不思議なことをやらかす。

我がダンナの田舎の大分でも、昔、炭を焼くと山の獣たちが食べにきたというから、ルビィも獣の本能で炭が薬になることを知っていたのだろう。

シベリアン・ハスキーの中でもルビィは短毛種だった。雪と氷の地では長毛は凍り付いてしまうので原種はみな短毛だという。あるときそんなルビィの密生した背中の毛がべたついて禿げた。脂がにじみ出て皮膚も破れた。病院に行ったがはかばかしくない。

折りも折り、古くなった備長炭を庭に放り投げて置いたら、ルビィが物珍しげに近寄った。さっそく黒光りする長い棒みたいなのを一本、両方の前足にはさみ込んで、カリコリ、プチプチ、カリコリ、プチプチと嚙み始めた。

カリコリ……はルビィの歯が硬い炭を嚙み砕く音で、プチプチ……は備長炭の気泡が嚙み砕かれて潰れる音だ。カリコリ……、プチプチ……、カリコリ……、プチプチ……。快感、快感。

ルビィは恍惚として、とろけるような表情で嚙み続ける。私も試しに一本取って齧《かじ》ってみると、砂粒みたいなジャリジャリした歯応えかと思っていたが、気泡のせいか弾力があってちょっとチューインガムのようでもある。ルビィはカリコリ嚙み続けて、やがて三日目くらいから皮膚が乾き始めた。

犬の口の中は上顎の裏がヤスリのようにぎざぎざで、唇の端は黒いゴムみたいにめらめらと開いて伸縮自在だ。その地獄のような口が備長炭で真っ黒になった。そうして一週間も経つと、ルビィの背中にはまばらな毛が生えてきたのである。

ルビィは我が家で初めて飼った犬だった。

猫は子供の頃から私の実家に何匹もいたが、犬を飼った経験はない。ダンナなどはその猫さえ飼ったことがなかった。それがダンナの弟の家に子犬が生まれて、ほんの出来心で一匹抱いて帰ってきた。しかし猫しか知らない飼い主は、子犬に「お手」も「お座り」も「待て」も教えることができない。

ルビィは躾知らずの生まれっぱなしの犬に成長した。家の中を走りまくり、そのまま庭に降りて植木を齧り、その足でまた家の中に上がってくるという有様だ。散歩に行けば団地の坂道を、登り坂では私にふうふう引っ張らせて、下り坂になると今度は自分が得意気に引っ張るのだ。「ルビィちゃんは楽ちんねえ」と近所の人に笑われた。

そんな勝手気儘《きまま》な犬だが、ソリ犬の血はおおらかで従順で、叱ったわけでもないのに家具を毀《こわ》したり傷つけたりしたことがない。子犬はよく人の手を甘噛みするが、ルビィはそれもなかった。「お手」も「お座り」もできないが飼いやすい犬だった。

家の中で飼っていたが、人間が食事をしている間はじっと待っている。一度、張り替えたばかりのサッシの網戸に飛び込んで、ダンナに痛いゲンコツをもらってからは二度と網戸に近寄らない。

家の中で飼っても手の掛からない犬だが、一年目の夏に犬小屋を造って庭へ降ろした。何しろあの密生した二枚毛だから夏場は抜け毛がひどいのだ。掃除機を引きずって追っかけても毛が散乱する。庭に降ろした夜、ルビィはちょっと淋しそうに窓の下に影を映しただけで、鳴きも吠えもしなかった。その影法師の頭を見て「かわいそう」と次女が涙ぐんだ。

「犬は庭にいるほうが気楽なんだ」

とダンナが言う。そうかもしれないとも思ったし、いいや、そうではない、こんな人懐こい犬は人間のそばにいないと淋しいのだ、とも思った。

その証拠にルビィは鳴かないけれど、たえず家の中の私たちの気配に耳を澄ましているのである。ダンナは会社へ娘は学校へ行った後など、昼間は私とルビィだけになる。私が台所へ行くとルビィも庭をまわって窓の下にきている。浴室に行くとやはりその窓の下に座っているのである。

犬が人間を慕うことの強さに私は驚いた。座敷へ行けば、座敷の窓の下に。トイレへ行けばやっぱりその窓の下にいる。

その頃、私は四十代後半の、更年期の前駆症状とでもいうか、ちょっとしたことに感傷的になっていた。とくに子供や動物に哀れがかかって胸にこたえる。そんなときだから、ルビィが庭で私の動きにじっと聞き耳を立てるのが不憫《ふびん》で辛かった。

夏も終わりかけたある日の昼下がりだ。同じように犬を飼っている編集者から電話がかかってきた。そこでいろいろしゃべるうちルビィの話になって、

「犬は可愛いけど、ルビィが死んだらもう次は飼いたくない気がする。一日中ずっと飼い主に思いを寄せてるなんて、かわいそう過ぎる。そんな犬を見てるのもきついの」

と打ち明けた。秋の近い風の涼しい日で、居間の窓を開けて椅子の背にもたれてしゃべった。

用事で外出するときの見送るルビィの悲しそうな顔。後ろ髪を引かれる。しかし出かけ

てしまうと、ホッとするのだ。犬の深情けの磁力圏から抜けてらくになる……。つまり適当な間隔を置けないのは犬だけでなく、当時の私も同じだった。

「きっと犬は猫みたいにつかず離れずではやっていけないのね。何だか息がつまりそう……」

ルビィの様子が変わったことに気づいたのは、その日の夕方だった。いつもは散歩の時間になると待っているはずのルビィが姿を現さない。引き綱を持って庭の奥へ行くと、居間の窓の下にうずくまっていた。呼んでも青い目でチラと私を見るだけだ。

「行かないの？」

「……」

こんなこと初めてだ。引っ張っても動かず、諦めて家に戻った。夕方のエサを持って行くと、普段なら飛んでくるはずのルビィが動こうとしない。

「食べないの？」

「……」

どこか具合が悪いのではないかと思ったが、鼻の頭も乾いてはいないし、異常は感じられない。私はうずくまったルビィの頭の上にある、開け放した居間の窓を見た。

聴かれたのか……。一瞬、胸が冷えたが、まさかと思い直した。ところが翌朝もルビィはエサを食べなかった。散歩にも行きたがらない。夜になってもエサを食べる気配もない。

明くる日も、その明くる日も、ルビィは散歩に行かず何も口にしなかった。

「食べないと、死ぬよ」

「……」

やっぱり聞いたのか。私は何とも言えない気持ちになった。ハスキーの耳はシェパードの耳と似てきりっと立って、うつくしい。ぎざぎざのヤスリの上顎を持つ口は悪魔だが、ハスキーの耳は青い空のパラボラアンテナみたいに晴朗な感じがする。エサも食べず塞《ふさ》ぎ込んだルビィの頭の上に、そんな耳が二つ、その日も開いていた。

「本気で言ったわけじゃないのよ」

そう言うとパラボラの耳がぴくんと動いた。

翌日も翌々日もやっぱりルビィは食べない。体は痩せていき、庭のあちこちに下痢便が点々と落ちた。病院につれて行こうとダンナと話し合った頃、ある夕方、ベランダのコンクリートの床に赤い花びらみたいな血が散っていた。

ルビィの初潮の始まりだったのである。日を追うにつれコンクリートの床に花吹雪が増えた。憂鬱《ゆううつ》な顔をした犬が寝そべっている。ルビィがやっとエサを食べるようになったのは半月近くも経った頃だった。

生理が終わるとルビィは元に戻った。ルビィの絶食は初潮のせいであって、あの電話を聴いたショックが原因というわけではなかったのかもしれない。しかし私はルビィがやはり電話の内容を聴いた気がしてならないのだ。犬は人語を解することがあるのである。

人間の言葉といえば、ルビィは「サンポ」という語を知っていた。あるとき家のテレビにトイレ洗剤の「サンポール!」というコマーシャルソングが流れて、その「サン、サン、サン、サンポ……」の声と共に、それっ、とばかり庭を突っ走るルビィの足音がして、私たち家族は大笑いしたのだった。

だがそんなルビィが電話の内容を解するのは、「サンポ」の語を聞き分ける能力とは別なような気がする。ルビィが知っている人間の言葉には限りがあった。「サンポ」「ゴハン」「オヤツ」「ミズ」「オシッコ」「オリコウサン」「ネコ」「オトウサン」「オカアサン」「オネエチャン」といった程度の単語である。

そんな人の唇に響く言葉ではなくて、犬は人間の胸の内に起こる言葉を聴き取るのだと思う。だから私が電話で編集者に話したとき、ルビィの耳は私の唇ではなくじかに私の心にアンテナを開いたのだ。そのことを暗示させるような出来事があった。

ルビィは散歩も好きだが、もっと好きなのは動物病院に行くことだった。怪我や大病とは無縁の犬は車に乗って遠出するのがうれしくてたまらない。一年に一回の予防注射や、たまの下痢や何かで病院に行くときも、その楽しい車に乗って行くのである。

そこでルビィの不思議が起こる。動物病院に行くのはたいていダンナが家にいる日曜日の朝だった。

「ねえ。今日、ルビィの予防注射に行かない？」

と私がダンナに言う。その瞬間、庭に犬の小躍《こおど》りする気配が沸き起こるのだ！　私は動物病院へ行くときの大きなハンドバッグに、財布、タオル、ちり紙、オヤツ、ビニール袋などを入れる。ダンナは車の後ろのシートに古シーツを敷き始める。

そうやっている間に、病院行きを察したルビィは庭を滅茶苦茶に走りまくり、フェンスの戸に体当たりし、待ってられないとばかりに大騒ぎした。

私たちは家の中にいて、庭に会話がもれたとは思えない。あまりに不思議なので、あるとき、庭に聞こえないようにダンナの耳にささやいた。

「イ、ヌ、の、ち、ゅ、う、し、ゃ、に、行、か、な、い？」

二人で物音を消して支度を始める。しかしその間にもうなぜか庭ではルビィが狂喜乱舞、「行く！　行く！」とフェンスに体当たりしていた。

声でも言葉でもない。

ルビィは本当に隅に置けない犬だった。

肖像画になった犬

今にもポツリと雨粒が落ちてきそうな六月のある日曜日。おもてに車の停まる音がして、義弟夫婦が約束の午前十時にやってきた。

コツコツと靴音を響かせて義妹が庭へ入ってくる。窓から見ると昨日あたり美容院へ行ってきたような頭で、白いハンドバッグにサマーウールのワンピース姿だ。ドアを開けてよく透る声で言う。

「おはようございます。お義兄さん、今日は誘ってくださってありがとうございます」

やがて後から義弟ものそりと現れた。二人とも我が家へくるのに珍しく外出着なので、何となくおかしい。何となくあらたまって、おかしい。

「カメラ持ってきた？」

と私が聞くと、義弟はちょっと笑って大きな大きな手に包むように握っていたカメラを見せた。我が家のダンナも先月買ったばかりのニコンだかどこだか知らないカメラを肩にぶらさげて、兄弟同士、これで準備は整ったという顔である。

「そんなら行こうか」

　とダンナが言う。それから四人そろって家を出た。私はこれから訪ねる家の手土産に花束をさげた。これに線香を持てば彼岸の墓参りのようである。

「昨日は久しぶりにマックが夢に出てきたよ。マックがおれのベッドのそばにすり寄ってきた」

　と義弟が言うと、

「ああ、わたし、そのお宅へ行って、その絵を見たら泣いてしまうかもしれません」

　と義妹も言った。二人はもうすっかり死んだ犬のマックに会いに行くような気分である。本当の墓参りのようだった。雨はまだ降らない。空模様に急かされるように二台の車を出した。

　行く先は山口県のとある海辺の町だ。付近は日本の夕陽百選にも選ばれている海岸だが、私たちは夕陽を見に行くのでも海に遊びに行くのでもない。岬の突端に近い県道沿いに人家があって、そこの車庫に描かれた絵を見に行くのが目的だった。

　訪ねる家は車の修理業のようで、広い敷地に何台もの車が置かれ、通りに面して三棟の車庫が並んでいた。その三棟の車庫の三枚のシャッター一杯に、シベリアン・ハスキーの大きな肖像画が描かれていたのである。

　十日前、私は非常勤で通っている大学の創作ゼミの生徒たちを連れて、海岸の研修施設に泊まりに行ったのだった。その道すがらシャッターの犬の絵に出くわした。

思わず車を停めて眺めた。カラー塗料を吹き付けて描いたもので、素人の絵ではない。犬の足元にローマ字でｃｈｉｅと書いてあるところからして、死んだ飼い犬の在りし日の姿を描いたものかと思われた。チエというからメス犬だろう。

道に立って三枚のシャッターの絵を見比べた。一枚目のシャッターには成犬のハスキーが草の上にゆったりと座っていた。額から上は真っ黒な毛並みで、顔だけ白粉《おしろい》を塗ったように白い。目は貴重なブルーアイだ。十数年以上も前、オオカミに似ているくせに歌舞伎役者みたいな隈取《くまど》りの、この大型犬が登場したとき、一大ハスキーブームが起こった。シャッターの犬の絵は、そのときの熱狂を彷彿《ほうふつ》させる堂々とした風貌である。

二枚目のシャッターも同じ「チエ」の肖像画で、背景に三日月が架《か》かり、永遠の犬とでもいうような哀愁が漂っている。私はその絵を見たとき、義弟の家の死んだマックを思い出した。

ふっくらした耳の立ち方といい、ハスキー特有の白黒の富士額や、真っ青な眸《ひとみ》など、びっくりするほどマックに似ていたのだ。我が家にはマックの妹でメス犬のルビィがいて、これは十歳で死んだが、ルビィはもっと顔が細くて「チエ」にもマックにも似ていない。ところが三枚目のシャッターには「チエ」の幼犬時代と思われる姿が描かれていて、それがどうしたことか子供の頃のルビィに瓜二つなのである。

だいたい犬や猫の顔は見分けにくくて、犬だと例えばゴールデンやラブラドール、柴犬など同じ顔のように見えるが、ハスキーは隈取りの模様が人間の目鼻立ちみたいな表情となって、歴然と見分けがつく。子犬の「チエ」は、幼かった頃のルビィの面差しとそっくりだった。

もっともマックとルビィは兄弟なので、マックが「チエ」の成犬時代に似て、ルビィが「チエ」の幼犬時代に似ても、いっこうに不思議はないのである。

生徒の何人かが、持っていた携帯電話のデジカメでシャッターの絵を撮った。昨今は便利なものである。生徒たちはシャッターの前に腕を伸ばして、携帯電話を犬の絵にかざす。何だか「手かざし」の新興宗教みたいである。数秒間その儀式があって、シャッターの犬の肖像画は携帯電話の小さな箱の中に写し取られた。

北九州から関門海峡を越えてその海岸まで二時間足らず、カーナビの通りに走る。

死んだ犬の力は今も強い。我が家のルビィなどもう五年余りも前に死んだのに、よく似たハスキーの絵があると聞けば、ぜひにも見に行きたくなる。本当にこないだ死んだような気がするのだ。ルビィの死んだ三年後に、ひょんなことから知人にラブラドールのユーリィをもらい、それ以後、私はベッドに入って一泣きする夜毎の入眠儀式から解放された。次の犬を飼うことが、ペットロスの最良・最高の薬である。なぜ次の犬がくると悲哀から立ち直ることができるのか自分でもよくわからないが、悲しみが乾燥する。それはちょうど涙に濡れたハンカチが陽に干し上がるような感じだった。涙のシミの跡は残っても、今はサラッと乾いているのだった。

しかしマックに死なれてまだ一年に満たない義弟夫婦は、次の犬を飼う気にならず、毎晩どちらが先に死んだように眠るか競争している。早く次の犬を飼うように動物病院の医者にもすすめられるのだが、何しろシベリアン・ハスキーはあの濃い容貌だから、十四年近くもその顔を見ていると顔に隈取りのない犬は犬とは思えなくなっていた。

二頭目のハスキーを飼おうにも、狂騒・狂乱のブームが去った後、もう白黒の隈取りの顔に太い鎌型の尻尾をした犬はどこにもいない。老いて死に、あるいは飼い主にあるいは悪質のペット業者に捨てられて動物管理センターで処分された。

一時は尻尾の生えた札束のように言われ、留守の家の庭からハスキーを盗っていく泥棒まで出たほどだったのが夢のようだ。ハスキーは吠えず、人間に従順で噛むこともないので簡単に盗むことができたのである。

今はハスキーは最後の老犬世代がかろうじて残っているくらいで、日本では絶滅寸前と言っていいだろう。義弟夫婦はこんなわけでペットロスを癒す術《すべ》がない。最近ハスキーの小型改良種が出ているというが、小型のハスキーなんてやっぱり厳密にいうと、往時のハスキーではないのである。

やがて車窓にドキッとするような青い海岸線が見えてきた。つい先日、大学の合宿で泊まった研修施設を通り過ぎる。海岸線に沿って岬の突端へ向けて進むと、やがて見覚えのある家と車庫が現れた。雨はまだ落ちてこない。私たちは車を降りてシャッターの絵の前に立った。

「ああ。本当にマックそっくり」

と義妹が涙声で言った。

「こっちの子犬はルビィでしょう？」

「ええ。そうそう。本当にそう見えます」

義妹は幾度もうなずいた。

また会いにきたよ。私はそんな気持ちで絵の犬を見上げた。死んだ子の年を数えるというが、死んだ犬の年を数えることだってある。眺めていると少し妙な心地がしてきた。絵に描かれた犬はまったくマックやルビィとしか見えないので、他国で自分の犬に出会ったような感じがする。

迷子の子供がよその家の子になってすましているのを見るような、ちょっと胸の波立つ気分である。私と義妹が門の中へ入って、その家の若い奥さんに挨拶している間に、我がダンナと義弟はシャッターの写真を撮った。奥さんの話によると絵を描いたのはご主人の友達だそうである。私も義妹も羨ましい顔をした。できればその人を借りて帰りたい心境だ。

小学生の男の子がいて、うれしそうに家の中から死んだ犬の絵を何枚も持ってきてくれた。チエというメスのハスキーは八歳の寿命だった。シャッターだけでなく、家の中にも庭にもチエの姿を描いた板絵のくりぬきが賑やかに並んでいた。同じ犬に死なれても、飼い主の年齢が若いと様子がだいぶ違うものだと思う。むやみに明るくて、家じゅうが在りし日の犬だらけだ。

帰り道、海岸を四人で歩いた。

海はねっとりとボリュームのある青色に膨《ふく》らんで、雲間からは薄日も射し、ウインドサーフィンをする影が点々と波を滑っていた。

「マックが生きていたら、大喜びで海に飛び込むでしょうね」

と義妹が懐かしそうに言う。アウトドア派の義弟夫婦の家で育ったマックは海にも山にも行った。

我が家のルビィはどこにも行かなかった。団地をひたすら散歩し続けた一生だ。そんな十年間は犬にとって長かったか、短かったか。

ふと私は以前に聞いた夏休みのラジオ番組を思い出した。それは動物園の園長に子供たちが質問するコーナーで、小学一年の女の子がこんな愛らしい質問をした。

「あのね、アリさんは砂糖が好きなのに、どうして虫歯にならないんですか」

すると園長は答えた。

「それはね、〇〇子ちゃん。アリさんの寿命はたった三ヵ月なのです。だから虫歯になるひまがないのですよ」

「……かわいそう」

と女の子の声が震えた。泣いているようだった。

蟻《あり》は三ヵ月。大型犬は十年前後。その寿命を長いと感じるか、短いと感じるかは飼い主の人間の主観である。

砂浜を歩きながら、私はその女の子のべそをかいたような声を耳に蘇らせた。

命の池

朝夕、団地の道を犬の散歩に通っていると、この四、五年の内に行き交う犬の顔ぶれが、ずいぶん代替わりしてしまったことに気づく。

我が家では一代目のルビィが死んで、それから二代目のユーリィがきて、季節が移るように庭の様子が変わった。その間にいつのまにか近所の顔馴染みだった老犬たちも逝き、若かった犬は老い、新しい子犬がどこからかやってきた。

老衰や病死のほかにも、鎖から放れて逃げたまま帰らなくなった犬や、車に轢《ひ》かれて死んだ犬もいる。ペットの命はじつに短く、また事故その他、人間でいうところの横死も多いのである。

ルビィの兄妹は六匹だった。このシベリアン・ハスキー一家の死因をみると、ルビィの他はみなオスで、そのうちマックとランは癌《がん》だった。ロッキーは痙攣《けいれん》性の病気で、ハーレーは血液の病気、我が家のルビィは脳の血管が切れて死んだ。脳溢血とか脳梗塞みたいなものだったろう。

一番早死にしたのは八歳のブルースで、この犬は海辺の町にもらわれて行き、散歩の途中で波止場に落ちていたフグを食べて中毒死した。人間ならば不慮の死である。

母犬のグレースは散歩中、草原に散布した除草剤にやられた。通りかかった空き地の草が褐色に枯れていたので、義弟はわざわざ道端へよけて歩かせた。ところが家に帰ったグレースは激しく吐いて昏倒《こんとう》し、その晩の内に息を引き取ったのである。医者の話では犬は人間より低いところの空気を吸うので、気化した除草剤の毒を吸い込んだらしかった。

近頃の除草剤がどういう成分でできているのか知らないが、大型犬がこんなに呆気なくやられるくらいだからベビーカーに乗った赤ん坊や、よちよち歩きの幼児が通りかかったらどうなっていただろうと私たちはゾッとした。

とにかく、これで七匹のハスキー・ファミリーの内、二匹の犬が頓死したことになる。人間だってフグ中毒で死ぬ人はいて、いやフグ中毒なんてものは本来は人間の身に起こる災難なのだが、ブルースの場合、散歩の途中で拾い食いして毒に当たったことに、私は犬という生き物の哀れを感じないではいられない。

グレースが除草剤にやられたのも、犬は鼻で地面の臭いを嗅いで歩く。その習性が三十四キログラムもある犬を死なせてしまった。これも犬ならではの事故死である。近頃はペットといえば家族同然に暮らすが、リボンをつけ、洋服を着せ、雨の日にはレインコートで散歩させても、生き物の背負った運命から逃れることはできない。

友達の家の三毛猫の三吉は、原っぱで野良犬軍団に襲われて材木置き場の材木の下に潜り込んだ。近所の人の知らせで駆けつけた友達は必死で犬を追い払おうとするが、犬は遠巻きにして逃げず、傷を負った三吉も材木の下に閉じ込められたまま息絶えた。

知人の家のミックス犬のクッキーは、帰宅した主人を迎えに大喜びで飛び出た拍子に、その車にはねられて死んだ。コーギー犬のドン太は、川へ遊びに行ってリードを外され、しばらくはそこらを走り回っていたがやがて行方知れずになった。

噛み殺され、または道端で拾い食い、あるいは中毒死、轢死《れきし》、行方不明と、こんなことが町内で一時に人間の子供の身に起こったら大騒ぎになるだろう。しかし死ぬのは犬猫なので、飼い主たちはまた気を取り直して次のペットを飼い続ける。

犬や猫に不測の災難はつきものなのだ。

こないだ古本屋で見つけた昭和五十五年刊行の岡田章雄『日本人の生活文化史1　犬と猫』（毎日新聞社）には、死んだ犬たちが巫女の口寄せで語る話が出ていた。

頃は江戸時代だ。式亭三馬《しきていさんば》の『浮世床《うきよどこ》』の中で、可愛がっていた犬に死なれた老婆が、巫女の口を借りて犬の霊を呼び出すくだりである。この犬は鰹節《かつおぶし》を泥棒したために、町内の三助という男に毒薬のマチンを食わされて死んだのだった。犬の霊がその顚末《てんまつ》をしゃべる様子が哀れで可愛い。

原文は読みづらいので、一部カナ書きをひらがなにして紹介する。以下は犬の霊が語るセリフだ。

角の家で、鰹を片身盗んだ罰でな、ござらあよ。ついぞない三助めが握飯を投げたによって、おれも怪しいとはおもってな、おおかた打《ぶ》つだろうと思ってな、用心していたがのう、棒を後ろ手で隠している様子も見えず、さてまた夏と違ってな、冬向きは廃《すた》り物がないから、おらが口は干あがるのう。あんまりのひもじさにな、わんぐりと食ったが因果、案の如《じょ》、マチンであった。そのままにこっくり往生なうしたけれどな、これがほんの犬死でござらあよ

マチンは殺鼠剤《さっそざい》に用いる猛毒である。

犬は生前、箒《ほうき》で追っかけられたり、子供に叩かれたりする自分を助けてくれ、可愛がってくれた老婆に今生の別れを告げるのだ。自分は先に逝くから、老婆も早くこっちへこいと語りかける。

こなたさまも年に不足はねえからな。はやく臨終往生いそがっしゃい。おれも草葉の蔭から待っているよう。（中略）名ごりは惜しいけれどな。いつまでもいつまでも、つきぬ

なごりだから往きますぞ。よく水を手向けて下さった。うれしいぞやうれしいぞや。いつまでも。つきぬなごりよ。さらばだ。ううう

すると老婆も涙にかきくれて犬の霊に言うのである。

可哀や可哀や。ぶちよぶちよとこの頃まで手飼いにして愛したものを、マチンを食わせて殺すとはさてもさても苦々しい。おおおおお。さぞ恨めしく思うであろうが、コレ、恨《うらみ》をはらして成仏しやれ

笑えるけれど、切ない。いつの世にも動物好きの人間がいて、また人間と心を通わせた動物がいる。そして人間とペットたちの死に別れの愁嘆場が、次々と繰り返されるのだ。

江戸が舞台といえば、幕末・明治の文明を論じた渡辺京二の『逝きし世の面影』（平凡社ライブラリー）には、口を利《き》く猫が登場する。

平成の世の犬でも、我が家のルビィみたいに、窓の下で飼い主の電話を盗み聞きする犬もいるのだから、江戸の犬がしゃべるのに驚くことはない。

本文中の一つの話は、婦人解放運動の山川菊栄が母親から聞いたという。

あるとき豆腐屋がおもてを通ったので、「松や、お豆腐屋を呼んで」と女中を呼んだが返事がない。すると猫がすっと立ち上がって唐紙を開けるや、「お松さん、お豆腐」と声を出した。仰天した女中に騒がれて、猫は屋敷を飛び出したきりついに戻ってこなかった。

もう一話は番町の武家屋敷の事件である。

主人が可愛がっていた飼い猫が、ある日、縁に降りた雀に飛び掛かったが仕損じて、思わず「残念なり」と呟《つぶや》いた。主人がそれを聞いて、「おのれ畜類の身として物いう事怪しき」と火箸で打ち殺そうとすると、猫は身を翻《ひるがえ》し、「物いいし事なきものを」と言って姿をくらましたという。

この話、おかしくてリアリティがある。猫が「お松さん、お豆腐」というセリフは傑作だし、主人に火箸で打たれかけた猫がこの期に及んでまだ、「物いいし事なきものを」と言うところなんか最高にいい。

猫といい犬といい、江戸では案外これらの生き物が人語をしゃべっていたのではないか。そんな妄想を抱いて犬猫のことを思うと、胸の内が軽くなって広々としてくる。命こそ短いが、動物たちが背負った運命の非情さを思うと、どっこい、人間よりずっとしたたかだ。人語をしゃべるくらいの芸当はやるかもしれないではないか。

寝室の壁にはルビィの遺影が掛かっている。生前ルビィは居間のソファの端っこによく寝ていた。その姿を撮ったものだ。

晩年のルビィの幸福は夕食後、居間に上げてもらい、ソファでうたた寝することだった。そして私たちが寝室へ引き揚げる頃に起こされて、サッシのガラス戸を自分で開けて暗い庭へ出て行く。ルビィの寝床は庭の犬舎の中だった。

私は毎晩、壁に掛かった犬の写真を眺めてからベッドに入る。五年前の正月五日の晩も、そうやってルビィは真っ暗な庭へ降りて行ったのだった。それが生前の最後の後ろ姿となった。

ルビィはどこへ行ったのか。

「草葉の蔭から待っている」と老婆に言った犬も、どこへ行ったのか。

死んだ犬の霊が待っていると言うのだから、人間も動物も死ねば同じところへ行くのだろうか。

そんなことを考えて眠ったら、昨日、夢の中で硫黄の煙りが立ち込める岩山を登っていた。行く手に何だか大勢の人間の声が流れてくる。それがどよめきのように膨らんで聞こえ、まるで大きな風呂場の反響音みたいに怪しい雰囲気である。やがて高い岩壁にはさまれた露天温泉に行き着いた。

お湯は恐ろしいような真っ黒な湯で、沢山の人々がごちゃごちゃと入っていた。墨を溶かしたような湯の底は見えず、地獄の池のようである。あたりはもうもうと湯気が立ち昇り、それが空を遮《さえぎ》って薄暗くしていた。よく見ると湯の中に仕切り板が幾つも渡してあった。手前の仕切りの湯には人間が入っているが、奥のほうの仕切りの湯には馬や牛や山羊や犬や猫が浮かんでいる。

人間たちは体を洗ったり話をしたり様々だが、馬や牛や山羊は静かに湯に浸かっている。猫はうっとりと湯から首を出し、犬たちはバシャバシャと飛沫《しぶき》を上げて泳いでいた。

もしかしたらここにはルビィがいるかもしれないと思った。グレースやマックやロッキーや、ブルースやランやハーレーや、三毛猫の三吉や、ミックスのクッキーやコーギーのドン太も。

黒い湯にはどこからかどんどんどんどん客が増えてくる。湯はそのために膨れ上がってくる。

私も入ろうか、どうしようか、と思案しているうちに目が覚めた。

耳と尻尾の長い列

また今年も盆がきた。

例年のように居間の書棚の上へルビィの写真を飾り、コップ一杯の水と御飯と魚の皿を置いてやる。晩年はドッグフードをやめて、ルビィは人間と同じ御飯を食べていた。我が家には仏壇があり、ルビィも盆くらいそこへ入れてやりたいが、供え物が肉魚なのでやはり別にしている。

さて盆の入りの十三日。人間の仏壇に灯をともして果物など供え、書棚のルビィの写真にもダンナの肴のおこぼれの鯛の刺身を五、六切れ置いたが、私の気持ちとしては落ち着かない。

盆というものが、そもそも私の心に座りがよくないのだ。仏教はシンプルな宗教で霊魂を否定する。焼いた後の遺骨などは無に等しいという。何とさばさばした思想だ。しかししかしそれなのに、盆になると死者をあの世から呼んで供養する。

霊魂はないというのに、そういう仏教の坊さんが盆は檀家参りにマークⅡを飛ばして、忙しそうだ。死んでも霊魂はあるのか。ないのか。

仏教では霊魂はないが、「我《が》」というものが永遠に持続するという。死とともにその「我」は眠りと似た状態になって続いており、それはどうも霊魂だとか幽霊だとかいうのとは違うようである。

そこのところが何だか私はよくわからないまま、形だけ盆の行事をするので居心地悪いわけである。

しかしとにかく霊魂はなくても「我」があるのだから、まんざら盆の仏壇が空っぽというわけではないだろう。それで果物嫌いだった祖母のために、お供えの定番の果物は早めに仏壇から下げて、彼女の好きだった饅頭《まんじゅう》を盛り上げる。ルビィの写真の前には鯛の刺身の次は、ハムのスライスを置く。

子供の頃、盆は薄気味悪かった。八月の十三日に地獄の釜の蓋が開き、十五日にその釜の蓋が閉じられると、祖母が言っていたからだ。地獄の大釜の蓋を押し開けて、先祖たちがぞろぞろ出てくるのである。目には見えないけれど茶の間のすすけた電灯越しに、彼らが茶の間にひしめいている。

死んだものたちのこの世の滞在期間は三日間。人間だけでなく、十八歳まで生きて押入で大往生した我が家の猫のタマや、車に轢《ひ》かれて死んだ隣家の犬のペスや、火事で焼け死んだ近所の七面鳥なども戻ってくるのではないか。そんな耳や尻尾や羽の生えた生き物たちの影も、家の中はもとより町の通りを夜風のように漂っていたような気がする。

その町といえば、あの頃、盆の夜はずいぶん賑やかだった。昭和二、三十年代の北九州の盆は、各町内毎に編成された老若男女の盆踊り部隊が、三味線を担いだ唄のお師匠さんを先頭に押し立てて、明け方まで初盆の家を巡って踊り歩いたものだ。

唄のお師匠さんはたいてい老人だがマイクなんていらず、何時間歌っても喉も嗄《か》れず、ベンベンベンベンと三味線を鳴らし皺首を震わせて歌いまくる姿は、人間とも見えず、カラクリ人形みたいだった。

おとなたちは男も女も粋な菅笠《すげがさ》で、私たち子供も浴衣に手甲脚絆《てっこうきゃはん》をつけ花笠をかぶった。それで盆の三日間を毎夜夜半まで踊り歩く。眠くて足も痛いのだが、初盆の家をまわると小遣いをもらえる。踊らにゃ損々というわけだ。

そうやって疲労困憊《こんぱい》の十五日の晩、送り火と共にあの世のものたちを死者の国へ帰す。玩具みたいな小さな精霊船に果物を載せて海へ流しに行くのだった。その出立の時、祖母が精霊船を抱えて、

「さあ。みんなみんな行きまするど。十万億土の戸が閉まる。早う行かさっしゃい」

と家の前で声をかけるのだ。

「お母さん。お父さん。兄さん。弟に、妹だち。みんなみんな揃うたか。一人も残らず行きまするど」

祖母は十三人きょうだいだったので、あの世へ送る人々の数も半端ではないのだ。一人でも忘れてこちらに残したら大変だということで、何だか庭の鶏をトートトト……と追うような調子で出て行く。

祖母の後から見えない先祖の一群がふわふわついて行く。さらにその後に猫のタマや犬のペスや七面鳥の影も混じっている。

今年の盆の十五日。

朝、女友達のMさんから、今夜、長崎の精霊流しを見に行かないか、と誘いの電話がかかってきた。

「今年は就職した娘が遊びに行って、車の後ろが空いてます。よかったらどうですか」

毎年、Mさん夫婦は娘と三人で、北九州から高速を飛ばして長崎へ精霊流しを見に行く。今回は夫婦だけでは遠出の意気が上がらないので、私に声をかけてきたのである。

「長崎の精霊船は見ものですよ。提灯を沢山つけた何メートルもある船が、通りに繰り出すんです」

とMさんは言う。所変われば風習も変わる。長崎は出島の昔から独特の南蛮文化の花を咲かせてきた。全国に精霊流しは様々あるがだいぶ趣が違うようだ。北九州から高速で二時間弱の道程だ。盆の十五日といっても無信仰の我が家はとくに何もすることはないので、テレビを観ているダンナを残して出かけた。

長崎市内にはペット・シッターのUさんがいて、躾のため二代目犬のユーリィを二ヵ月間預けて毎週通った道である。近くまで行くのでUさんの所に寄ろうと携帯をかけたが、彼女は不在だった。ペット・シッターの店をしながら、別の土地に野良犬のための保護施設を私費で造った。それでUさんはいつも忙しいのだ。動物好きが高じて始めた仕事が、今では野良に注ぎ込むため働いている。

「一晩泊まればUさんの所へ行けるんですけどね」

と言うMさんの家には猫三匹と犬一匹がいるし、我が家にもユーリィがいるので外泊は厳しい。

途中のドライブインで食事をとると、Mさんが小さな物を私に手渡した。耳栓である。長崎の精霊流しは爆竹の音とセットだという。三千台ほども出る精霊船は進みながら道々、爆竹を鳴らして行くのである。それが半端な数ではない。一晩に鳴らす爆竹が一億円にもなる。耳栓は必需品なのだった。

市内へ車が入ると、誂《あつら》え向きに周囲が黄昏れてきた。通りのいたる所からそろそろ精霊船が出てくる。船であるけれど、よく見ると台の下には車輪がついて人々が曳いて行く。

バンバーン！　と激しい炸裂《さくれつ》音が響いている。

船が通る道路は車は通行止めとなり、Mさんのダンナは私たちを降ろすと近くの駐車場に車を入れた。私たちは耳栓をはめて道へ出た。暗くなって船の数が増すにつれ破裂音が高まっていく。

爆竹は船の進む道を浄めるためでもあるかのように、足元に次々と投げる。爆竹係が船と共に歩いているのだ。ときどき猛烈な大音響がして、真っ赤な火柱が路面電車の架線に届く勢いで燃える。

段ボール箱に爆竹を何十個もドサッと入れて通り道へ投げ、それに火をつけるのだ。猛烈な火炎と硝煙の臭い。ざんざと降り注ぐ灰。道々に警官がいるのだが咎《とが》めるふうもなく、交通整理をしている。

まるで戦場だ。

「長崎の犬は平気なのかしら」

「花火や雷なんかではビクともしないでしょう」

とＭさんが笑った。今年の船は三千数百台だとか。豪勢な船は何十個もの提灯をつけて、何十人の曳き手に運ばれて行く。一台の船に二、三個の遺影を飾り、共同の精霊船に乗った仏もいる。形も様々で、伝統的提灯をつけた船もあれば、ロケットの形をした船もある。故人が航空会社に勤めていたらしい。

まだ三十代ほどの若い男性の遺影を載せた船は小さく、妻と中学生らしい男の子と女の子が曳いていた。次は花束の形をした船がくる。若い娘さんたちが数人で曳いている。遺影には二十歳になるかならないかの女性の顔が微笑んでいた。

「何か、胸に迫ってきますね……」

とMさんがうるんだ目で私を見た。

「去年だったか、小学生の男の子と女の子が両側から小さな船を提げて歩いてましたよ。その船の上にボール紙で作った犬の首輪が載っていたんです」

「首輪？」

「柴犬の写真が飾ってありました」

犬の船にも可愛い提灯がついて、ゆらゆら揺れていたという。聞きながら私の目も他愛なくゆるんでくる。涙を拭くと煤《すす》と灰で私たちの頬は黒くなった。

ふと向こうから精霊船の列と離れて、小さな紙の箱型の船を小脇に抱えた女性が一人、爆竹の炎から身を避けながら足早に進んでくる。「イラクの死者よ、安らかに」と書いた紙の札が彼女の船に立てられていた。

そうか。こういう船もあるんだな。私はそれを見送りながら、ふと考えた。

動物たちの精霊流しはできないだろうか。

私は動物保護ボランティアの活動に加わっていて、数年前、福岡市内の公園で殺処分される野良犬や医学実験で犠牲死させられる犬や猫、ウサギや猿のパネル展をやったことがある。近づいて熱心に見る人もいれば、目をそむけて通り過ぎて行く人もいた。

待ってください。よく見てほしい。

日本では年間五十万頭の犬が行政で処分されている。動物実験では化粧品の開発にウサギが三十万羽、医大などの癌の研究では、たった数ヵ月余で何百頭単位の犬が死んでいる。最近は人間に近い猿の実験も盛んで、動物園で増えた猿が医大へまわされている。

小さなマウスから犬、猫、ウサギ、羊、豚、類人猿まで、年間、世界で実験によって命を絶たれる動物は公称五億頭にのぼるという。人間のため今は必要な死もあるかもしれない。だが医大や製薬メーカーなどが競い合い重複する実験も相当数あるのである。

パネル展の公園でそのとき私は思った。たとえば殺処分される犬五十万頭を紙に切り抜いたらどうなるだろう。それをつないで路傍にずらっと並べたらいったいどんな長さになるのだろうか。切り抜きの犬はどこまでも道を連なっていくだろう。

人は自分以外のものの痛みを共有できない。犬の苦しみも想像できない。それならせめて死んでいく動物の数が、殺処分の犬五十万頭の数が、動物園から医大へ譲渡される猿五百匹の数がどのくらいのものなのか、道へ並べてみれば実感できるのではなかろうか。

日々の仕事で忘れていたその思いが、爆竹の音と共に蘇ってきたのである。この精霊船の灯と火柱と煙と炸裂音に満ちた通りに、犬の提灯を五十万個、猿の提灯を五百個、ウサギなら三十万個。連ねて無言の行進がおこなわれたらどうだろう。耳と尻尾のはえた生き物の灯の列がぞろぞろ行くのだ。

そんなことを思いつつ爆竹の煙が濛々《もうもう》と立ち込める交差点を見ていると、頭にツンツンと耳を生やし、お尻に尻尾をつけたものたちが人間のように立ち上がって、片手に提灯をさげ、声もなく粛々と列を作っているのが見えてくる。

Ⅱ ラブラドールがやってきた

ラブラドールがやってきた

世の中にはずいぶん犬キチ、猫キチの人間がいる。

散歩に連れて行かないと吠えるので、雨の日は傘にレインコート、夏のカンカン照りには日傘を犬にもさしかけて、一日三回、八年間、団地をひたすら歩いている奥さんがいる。むろん旅行なんてしたこともないだろう。

ばかだねえ。

夫婦で久しぶりに湯布院《ゆふいん》温泉へ行ったのに、旅館へ着くと大雨になり、家の前で濡れて待っている猫の姿が目に浮かび、ダンナを置いて泣きながらタクシーで博多まで帰ってきた友達もいる。旅館の食事も温泉もフイにして、タクシー代はいくらかかった？

まったく同情すべきか、笑うべきか。

ラブラドールは盲導犬になる利口な犬と思い込んで、飼ったところが物凄い噛みぐせ。全身傷だらけで、このままでは保健所行きかと、毎晩、犬の寝顔を見て泣いている者もいる。

ああ。何というばかだろう。

と言っても、これはほかならぬ私の姿であるから笑うことはできないのだ。

ユーリィが初めて我が家にきたのは、平成十四年四月のある夜だった。ラブラドールのメスの子犬をもらってくれないか、と知り合いから言われて、最初は断ったのだが、ちょうど下の娘夫婦が遊びにきていて、

「見てみたい！」

なんていうものだから、知人が抱いて連れてきたのだ。そもそも、「見てみたい」がまずかった。見れば犬でも猫でも生き物の子供は可愛いに決まっている。

今も目に浮かぶのは、あの夜の掌《てのひら》にのるくらいの愛らしいユーリィの姿だ。子犬の赤ん坊は一日の大半は寝ているので、抱かれてきたときも眠っていた。それが知らない家にきて、知らない人間たちに囲まれて、眠気の覚めないとろんとした目で、部屋のフロアに当惑げに座っていた。

まさに縫いぐるみの人形だ。それが首を動かして私たちを見回したときは、娘夫婦も、私も、思わず目を細めて声をあげた。

「可愛い！」

ばかめ。生き物の子供はみんな可愛いのだ。犬の子も猫の子も、ペンギンの子もライオンの子も、ワニの子も蛇の子もイタチの子も、子供はみんな可愛いのだ。

そのとき子犬は一瞬しんとなった部屋の中で、私と、ダンナと、娘と、娘婿と、自分をここへ連れてきた知人と、合計五人の顔をゆっくり見回した後、ヒョロッと立ち上がった。そしてみんなの中でただ一人、犬はもう飼わないぞ、という顔をしたダンナのほうへヨチヨチ歩いて行ったのだ。

凄い、と娘がつぶやいた。

この子、わかってるじゃない。

生まれて数日で母犬から離されて、それから知り合いの家に引き取られ、今度こそ一生の飼い主に巡り会わねばならない。犬の子の人生は人間の子よりずっと厳しいのだ。

子犬は真っ直ぐダンナのほうへ歩いて行って、彼の膝の前にピタリと座った。そしてダンナの膝に小さな前足で触れた。

「この子、お父さんが一番好きなんだわ！」

と娘が言った。

「やっぱりご主人が誰だかわかるのよね」

と連れてきた知人も口を合わせる。

「うーん。窮鳥《きゅうちょう》懐に入れば猟師も何とかっていうやつですね。この子は頭いいよ」

と娘婿がすかさず誘導作戦だ。

ダンナも子犬の顔を眺めた。小さなまるまるっとした体を不器用に抱き上げた。

それで決まった。

「仕方ないなあ」

とダンナは苦笑いした。

「これでは飼わないわけにはいかないなあ」

待てよ、と私はそのとき思った。これと似た光景を見たことがあったのだ。

十年近く前、車にはねられたシベリアン・ハスキーの子犬を助けたことがある。我が家にはそのとき同じハスキーのルビィがいて、近所の人がうちの犬ではないかと知らせにきたのだ。だがルビィは庭で昼寝をしている。

事故に遭《あ》った犬はオスで、前足から血を流していた。すぐ獣医に連れて行って入院させ、その間に里親探しに奔走した。ちょうど私は地元で朝日カルチャーの文章教室の講師をやっていて、生徒さんに頼むと、数日走り回って、有り難いことに「飼ってやろう」という人を探し当てた。

犬を飼うのは初めてだが、庭は二千坪もあるという。私は小躍りして御礼にドッグフードの十キロ入り大袋を車に積んで、犬を連れて行った。そこは北九州から少し郡部に入った所で、犬を飼ってくれる人物は何と町長選挙に立候補して、選挙戦の真っ最中だという。

この忙しいときに、一票にもならない隣の市の者が犬を飼ってくれと言うのだから、よくよくの事情と思って引き受けたという。何でも人には頼んでみるものだ。

家に行くとNHKの中継車が停まって、ちょうどその人が中から降りてくるところだった。とたんに子犬が私の持っている紐を引っ張って駈け出した。そして彼のあつらえたばかりのような背広の胸に飛び込んだのである。

私はそのときの、子犬が誰に教えられたわけでもなく、引き寄せられるように、新しい飼い主にすがりついた光景を忘れない。

背広の泥を払うこともなく、彼はハスキーの子犬を引き寄せた。初めて犬を飼う人間とも思えない自然な様子だった。

その後、ハスキーの子犬はタロウという名をつけられて、二千坪の庭で遊んでいる。ちなみに飼い主は落選したという話だが、そのぶんタロウの散歩に精を出しているという。

子犬は自分の運命を嗅《か》ぎ分けるのか。

そんな感じがする。

我が家のユーリィも、最初の晩に自分の飼い主を嗅ぎ分けたのだろう。

さて、その夜。話はあれよあれよという間にまとまって、たぶん娘や娘婿や知人が寄ってたかってまとめたのだろうが、私には今もって記憶も定かにないけれど、とにかく子犬をもらう話がついた。

子犬が帰ってから、ダンナがユーリィという名前を思いついた。

「プロレスラーに同じ名前がいませんか？」

娘婿は首をかしげたがダンナは頓着《とんちゃく》しない。子犬はメスである。ダンナの頭の中のどういう思考回路を経巡って出てきた名前か知らないが、何につけ意味もなく突発的にひらめく人で、たいした理由などはない。

ユーリィを家に迎えたのは、翌月の五日だった。つまり子供の日だ。私たち夫婦は子犬の可愛さを満喫した。白いケージの中でころっと眠り、起きるとチョコンとお座りして私たちを眺めている。何と手のかからない犬だろう。さすがラブラドールと、感動したものである。

それからまた一週間ほど経った頃、家に客を招いた。ダンナの中学時代の同級生が夫婦同伴でやってきた。酒と食事を出してもてなしているうち、急に客が「痛たたた！」と飛び上がった。テーブルの下で足をユーリィにじゃれつかせているうち、思い切りガブッと嚙まれたのだ。

靴下を脱ぐと親指に子犬の嚙み痕とも見えない傷口がザックリと開いていた。

思えばそれが悪夢の始まりだった。

柔らかい人間の足の嚙み心地を、生後二ヵ月の子犬がインプットした。

たちまち翌日から猛烈な嚙みグセが出た。ラブラドールの子犬は、もともと嚙みグセを持っているのか、たまたま来客の足を嚙んで目覚めたのか、そこのところはよくわからない。

とにかく一日中、目をあけて起きている間は噛みついてくる。手、腕、足、太股、たまに腰から背中まで、顔はさすがに防御するが、夫婦ともに傷だらけになった。スカートもTシャツもビリビリに破られて、その破れ着を洗濯してまた着る。着ればたちどころにまた破られて、宅配便のチャイムなどに出て行くとギョッとされた。

やむなく半月後には居間の柱につないだが、子犬の顔を見ればかわいそうで、せめて首に負担がかからないようにと、ダンナが自転車の荷台につけるゴムの紐に取り替えた。それから危険度は倍増して、ビュ―――ン！　ビュ―――ン！　とゴム紐が伸びる。

わたしもダンナも来客も、みんな壁に背中をすりつけてヤモリのように部屋を移動する。それを見たユーリィは大喜びでちぎれんばかりに尻尾を振り、ヨッシャとばかりに小さな体の力を振り絞って、ビュ―――――――ンとジャンプする。ここでガブッと噛みつかれたら逃げ場がない。

ハスキーを五頭も育てたダンナの弟が、ユーリィを半日預かって悲鳴を上げた。

「こいつ、ホントに悪魔だぜ！」

尻尾を振りながら、同時に歯もカチカチ鳴らすのだ。つねに噛みつき体勢である。朝から晩まで、寝ているときを除けば、いつもカチカチカチカチカチと歯を鳴らした。そのカチカチカチカチカチの音の中で、私とダンナは傷だらけの日々を送った。

文字通りの満身創痍で、私は週に一度、大学へ講義に出かける。ダンナも会社へ行く。何しろ両掌に乗るくらい小さいので、カラスに襲われる危険もあり、ダンナの弟に半日だけ預けるのだが、その間が束の間の平穏だった。家に帰りたくない。帰るとまたカチカチが待っている。カチカチカチのビュ――――ンが飛んでくる。

我が家はまるでカニ千匹の地獄の池で、足の踏み場も手の置き場もない。帰ればその池でカチカチカチカチの集中攻撃に遭うのだ。そんな子犬に何とか食事を与え、オシッコとウンチをさせて一日が終わると、私の手足にはまた新しい傷が増えて血が噴き出す。

「ラブラドールは半端じゃないですよ」

その頃になって会う人ごとに言われた。

だがもう遅い。

飼い始めた犬をどうする？

こうして私たち夫婦とユーリィの、長くて熱い闘いが始まったのである。

井戸の底から

六月四日にユーリィは三ヵ月になったが、噛みグセはますます激しくなった。

そんなある日。

ユーリィをくれた家の奥さんが、やっとできた血統書を持ってきてくれた。

前にも書いたが、ユーリィを抱いて私たちに見せにきたのは私の友人で、この奥さんが我が家にくるのは初めてである。手放したユーリィとは一ヵ月ぶりの対面になるのだが、柱に結わえたゴム紐をビューンと引っ張って噛みついてくる姿に唖然《あぜん》とした。

「どうしたの。どうしたの」

と一緒についてきた小学生の娘さんは、泣きべそをかいた。

「うちではこんなに噛まなかったのですが」

と奥さんはおろおろした。

原因はわかっている。いつかの夜、来客の足にじゃれて噛みついたとき猟犬の本能に目覚めたのだ。これが母犬やきょうだい犬と一緒に過ごしていれば、噛んではならないことを自然に学ぶことができたのだけれど、ユーリィは生後まもなくチャンピオン犬の母親から一匹だけ離されて、奥さんの家の父親犬の元に引き取られた。

犬の父親は子供の養育に関しては能力ゼロだ。ユーリィはもっぱら人間の奥さんに育てられ、父親犬は庭の小屋で昼寝、ユーリィは家の中で親子離れ離れで暮らした。奥さんの布団に入って抱かれて寝たのである。今だったら布団もズタズタに破れたろうが、そのときはまだほんの赤ん坊でスヤスヤ眠っていた。

娘さんは子犬の変わりように涙を浮かべ、

「ユーリィ。ユーリィ。どうしたの!」

奥さんも獅子舞の獅子みたいに歯をカチカチ鳴らす子犬に近寄ることもできず、

「どうしてお利口さんにできないの。こんなに良くしていただいてるのに……」

とおろおろする。何だか、養子にやった子供がぐれて、切ない再会をするような場面だ。

こんな犬をこれからも飼い続けねばならない私も悲壮だが、置いて帰る奥さんも辛い。

「いえいえ。ユーリィはお利口ですよ。オシッコもウンチもベランダにおろせばちゃんとしますし、本当に賢い犬ですよ」

と精一杯、奥さんを慰めたが、そう言う私の手足はユーリィの嚙み傷だらけで、Tシャツの胸には穴が開き、スカートの裾は犬の爪で鉤《かぎ》裂きに破れている。

「ユーリィの父親は嚙まなくて、本当におとなしいのですけど……」

と奥さんは言う。しかし庭で飼っている犬と、室内で飼う犬を比較はできない。人間と接する度合いが違うのだ。奥さんは土産の菓子箱を置いて、心を残しつつ帰って行った。

それから噛みグセの矯正が始まった。

本を読むと、犬の鼻、つまりマズルを摑んで叱り、言うことを聞かなければ押さえ込むと書いてあったので、さっそく実行した。ところがこれが逆効果だった。鼻は犬のプライドの先端部分で、これを摑むとユーリィは猛然と反抗した。小さな子犬の鼻面を摑み、馬乗りになって体を押さえつけていると、……そんな取っ組み合いを連日続けていると、私の心もささくれ立ってくる。

昔、子育てで同じような心境になったことを思い出した。躾けているつもりが、怒りに変わっている。もともと子供に手を当てるのが苦手だった。一度、手を当てると、自分のほうが動転して平静を失ってしまう。体罰方式は私にもユーリィにも不向きだった。たぶんユーリィも、死んでもマズルを摑む方法では直るまい。犬にも性格があると感じて、数日でやめた。

私がこんなふうに悩んでいるとき、ダンナはただ当惑して見ているばかりだった。彼はユーリィの散歩係りだ。毎日、休むことなく朝の六時に起きて散歩に連れて行く。ただ、それ以外は何もしない。夜、仕事から帰ってきても、ユーリィが噛むと、スッと紐のそばから離れる。

「子犬を欲しがったのはお前だろう」

ダンナは仕事人間で、かつて子育ても女房まかせだった。長女が生まれた頃は、ダンナの末の弟が大学浪人で、毎日、勉強はそっちのけで、我が家に通ってきてミルクを飲ませたりオムツ替えをした。私が美容院に行くときは、赤ん坊を抱いてついてきた。

「優しいご主人ですね」

と美容師に言われたものだ。次女が生まれたとき、その義弟は大学に受かって上京した後で、今度は中の義弟が暗黙の内にバトンタッチした。とにかく子供や動物の世話が好きな弟たちだった。二人の娘が小学校に入ると、日曜も休みのないダンナに代わって、彼が運動会では父兄の演目に出場して頑張った。この義弟も近所の人から長い間、私の夫と勘違いされたものである。

これにひきかえ自分の子供の育児さえ苦手だった男が、子犬の躾に手を出すはずはない。愛はあるが不器用人間だった。それに犬を飼おうと言い出したのはこの私である。ダンナをうらむことはできなかった。

ユーリィがきて私の外出は難しくなった。子犬は一日にエサを三回食べる。前にいたハスキーのルビィのときは、知人に昼のエサやりを頼んだが、ユーリィの暴れぶりと嚙みグセには家の者以外は近寄れない。

一度、飼っていた犬が死んで淋しがっていた近所の奥さんが、その役を買って出てくれたが、二日目には降参してやめてしまった。以来、義弟夫婦が暇なときに預かってくれるくらいで、仕事の旅にもおいそれと行けなくなった。拘束状態である。

二人の娘の子育てが終わった頃、私はときどき自分が妊娠した夢を見たものだ。そのときの絶望感。自分の溜息で目が覚めた。両手を縛られたようなあの日々がまたくるのかと、目の前が暗くなった。井戸の底から遠い陽の射す空を見上げているような気分……。

それと似ていた。進退窮《きわ》まったこの状況。いつになったら解放されるのか。ユーリィは永遠に噛み続けるような気がした。仕事には締め切りがある。私にとってこれは死活問題だ。

孤立無援のうちに生後四ヵ月が過ぎた頃、インターネットに出ていた犬の噛みグセ矯正法に目を止めた。子犬が噛んだ瞬間に投げ飛ばせというのである。犬によっては劇的な効き目があるという。噛むと同時に、素早く、アッという間に投げ飛ばすのだ。ショック療法である。

やってみよう。私は腕力には自信があった。

ユーリィは夜になると私たちの寝室に置いたケージに入って眠り、昼間は庭で過ごす。朝九時から夕方五時までが庭にいる時間で、その間に私は仕事をする。ただ昼のエサの時間に一度だけ家に上げていた。我が家は一階が倉庫と書庫で、居住空間は二階である。ショック療法の初日。庭のフェンスの戸を開けると、いつものようにユーリィが弾丸のように階段を駈け上ってきた。

家に入るとまるで食前の儀式みたいに、私の手にガブガブガブッ！と嚙みついてくる。そのとたん私はユーリィの前足の付け根を取って、エイッとでんぐり返しに投げ飛ばした。このときのためにスカートを脱ぎ、私は短パン姿である。背負い投げだった。

ユーリィは宙に一回転してドサッと床に落ちた。突然のことで驚いて面食らったようだった。しかし猛然と跳ね起きて、ブルブルッと体を振るったとみるや、凄い勢いで飛びかかってきたのである。

投げる勢いが弱かったのか。タイミングがずれていたのか。とにかくショック療法は失敗で、犬は大喜びの興奮状態である。そのまま人と犬の取っ組み合いになった。

七月の正午で暑かった。室内にはエアコンが入っていたが、汗まみれになった。私は散々に嚙まれながらユーリィを柱の紐につなぎ、へたへたと座り込んだ。

その晩、インターネットを開くと、また続々と飼い主の声が出ている。

「マズルを摑めば逆効果！　投げ飛ばせば喜ぶ！　ビターパンチのスプレーも効き目なし！　うちのラブは最後は保健所行きかも」

インターネットから悲鳴が聞こえてくる。あまりの嚙みグセに耐えかねて、室内の半分に板でバリケードを作り、その中に犬を入れて飼っている話。噛む度にケージに入れられるので、一日中ケージを出たり入ったりしている犬の話。犬に塀を引き倒されて「ベルリンの壁」と近所であだ名がついた家の話。

何がラブで、何がドールだ？

こんな獰猛《どうもう》な人形があるものか。とんでもない。ラブラドールの子犬は悪魔だ。

しかし営利主義の犬の雑誌の中には、「盲導犬にもなる賢い犬種で、アパート住まいの方にも、小さなお子さまのいる御家庭にもおすすめです」と宣伝しているのもある。これではやがてラブラドールの捨て犬が増えるだろう。どうぞ、世の中の躾に疲れ果てた飼い主たちがラブラドールを捨てたりしませんように。

そう祈るこの私も、大学へ出勤する朝、ダンナの弟の家へユーリィを預けに行く途中、膝の上で噛みまくる犬を何度、車の窓から放り投げようと発作的に思ったかしれない。

悩んだ末に、長崎県でペット・シッターをやっている知人のUさんに電話した。彼女と私は同じ動物ボランティアの会の仲間である。受話器の向こうで彼女は言った。

「盲導犬になる犬種はおとなしいと思いがちだけど、そうではありません。沢山の車は人間の行き交う道を、目の不自由な人を誘導して行くのだから、ただ優しくておとなしいばかりの犬では務まりません。気の弱い犬ではダメなのです。本当はシェパードみたいな犬種がいいのだけど、それでは周囲に怖がられる。ラブは見た目は愛らしいけど勇敢で強い犬です。村田さん、頑張りなさい。ユーリィちゃんもきっと賢い犬に育ちますよ」

私は涙がこぼれるほどうれしかった。明日に希望が湧いてきた。狩猟犬は牙が命なので、永久歯に生え替わると自然に噛まなくなるらしい。

ああ。そんな日が早くくればいい。

私はリングに膝をつきかけて、かろうじて立ち直った。

馬と、カラスと、ユーリィと

不幸な人間のせめてもの慰安は、同じ悩みを抱えた人々がいることだ。ラブラドールを飼う者の悩みは、ラブラドールの数だけある。

うちの犬よりもっとひどい犬がいる。

うちの犬よりもっとできの悪い犬がいる。

それが癒しになるのである。疲れた心が救われる。

朝日新聞に連載された三谷幸喜さんのラブラドール奮戦記は、そんな私を喜ばせた。噛みまくるラブに疲労困憊する飼い主の姿が見える。泣きなさい。叫びなさい。あなたも不幸。わたしも不幸。みんな一緒に泣きましょう。

暴れ犬のユーリィがやっと眠った夜中、パソコンの前に座ってインターネットのホームページを開くと、ここにも哀れな飼い主が目白押しだ。ラブが噛んで壊した携帯電話や網戸、畳やカーテンや服など二百何十万円とかの被害総額を掲げたホームページには笑ってしまった。

血みどろの三ヵ月が過ぎた。

そんな八月のことである。私は仕事で中国に行かねばならなくなった。一週間の予定を無理して三泊四日に縮めたが、やはりダンナ一人に預けて行くのは不安である。それで東京に住む長女が勤務先の盆休みを振り替えて、ユーリィの面倒をみに帰ってきた。

長女は以前、雑誌の取材の仕事で盲導犬のパピーウォーカーの家に一年通ったことがある。加えて大の犬好きだ。娘と入れ替わるように、私は中国へ旅立った。

ダンナは昼間は勤めで不在だ。長女が一人でユーリィをみる。彼女は犬好きだがマンション暮らしで、実際に犬を飼った経験はない。その点に一抹《いちまつ》の不安があったが、不器用人間のダンナよりましだろうと目をつむった。

さて、上海から福建省をめぐる、あわただしい旅をぶじ終えて、荒れ果てた我が家の情景をこわごわ目に浮かべて帰宅すると、思いもよらない奇跡が待っていた。

私に飛びついて出迎えたユーリィの姿は旅の前と変わらないが、どうしたわけか手をペロペロなめるだけである。なぜか嚙まない。手にも服にも嚙みつかない。犬が変わってしまったというのか。私は夢を見ている気がした。娘にわけを聞くと、留守中に特訓をしたと言うのだった。

「ユーリィは叱っても叩いてもダメだってわかったのよ。この犬は人間が好きで好きでたまらないってわかったの。それで、噛むと遊んでやらないことにした」

犬がガブリと一発噛みつくと、「痛い！」と叫んで即座に紐につなぐ。遠くへ離れて相手をしない。すると拳固《げんこ》で叩かれても平気な犬が、キューンと悲しげに鳴いて座り込む。ユーリィを「人面犬」と笑った友達がいたが、まさにその「人面」で泣くのである。

「もう噛まない？」

と娘が近づいて聞くと、

「ハイ。もう噛みません」

と手ではない、片方の前足を申し訳なさそうに娘の手に載せる。それで許して紐を外すと、何のことはない、たちまち飛びかかってきて、うれしさにまたガブリッと噛みつく。

「痛い！」

人面犬はまた紐につながれて、絶望のどん底へ落ちる。娘の後ろ姿を悲しげに見送るのだ。

「もう噛まない？」

「ハイ。噛みません」

ふたたび前足を差し出してお詫びをする。それで紐を解くと、犬の幸不幸の切り替えの早さは驚くばかりで、娘がそばに寄ったとたんパッと幸福の絶頂へ舞い上がって、またガブリッ。

こうして紐につなぐ、外す、またつなぐ、外す、を二日間しつこく繰り返した結果、奇跡が起きて噛まない犬ができあがった。娘は静かになったユーリィを膝に乗せて言った。

「でも気が狂いそうな二日間だったわよ。つないだり外したり、朝から晩まで繰り返して、頭が変になりそうだった」

その夜、次女夫婦が遊びにきたが、やはり噛まない。噛まないユーリィは間が抜けてさえ見えたから、不思議である。しかしそのおかげでみんなにたっぷり頭を撫でてもらった。みろ。おとなしくなったら良いことがあるんだぞ。

翌朝、良い子になったユーリィを置いて、長女はあわただしく東京へ帰って行った。私は彼女を見送って、ふと自問自答した。今までの月日は何だったのだろうか……。

生後二ヵ月でやってきて、それから三ヵ月余も悪戦苦闘した私の汗と涙は何だったのか。犬を飼った経験のない娘が、すでに二匹目の犬を飼う私たち夫婦にできなかったことを、わずか二日でやってのけたのだ。

私たち夫婦が犬への愛情に乏しかったとは思えない。噛みつかれながらも、私たちはユーリィを庭に追い出したりはしなかった。血まみれになりながらも、エサを与え、遊んでやり、散歩につれて行き、夜は寝室のケージに入れて、文字通り寝食を共にした。

犬の心がわかる人間と、そうでない不器用な人間がいる。そうとしか思えない。

犬の心がわかる娘がもう一人いた。

それは私が通っている大学のゼミの生徒で、彼女も犬を飼ったことがなく、珍しそうに我が家へユーリィを見にきた。そして犬と遊ぶようになったのだが、なぜか一度もユーリィは嚙みつかなかった。

「ヒロミさん、気をつけて。嚙むわよ！」

私が叫ぶ間もなく、ユーリィは弾丸のように飛んでいく。彼女はとっさに突っ立ったまま動きを止める。激しく飛びかかる犬に体をまかせて抵抗せず、石のように動かない。ふたりの間には見えない柵でもあるかのようだ。そしてユーリィは彼女の周囲をまわるだけで、ついに嚙まなかった。

私はそんな彼女に、仕事で遠出するとき、ユーリィの世話を頼んだ。帰ってくると、半日の間にユーリィは「待て」ができるようになっていた。ユーリィの昼寝中に、家にあった犬の雑誌を読んで特訓したのである。

二人の子供を育てた私の経験は、ユーリィの前では何の役にも立たず、育児の苦労も知らない若い娘たちがやすやすとやってのけた。

動物と心を通わせることは難しい。

先代のルビィを飼っているときはあまり感じなかったが、ラブラドールのユーリィがきて以来、私は自分自身の無能を思わずにはいられない。というのも、今まで動物との心の通じ合いについて、自分なりに自負があったからだ。

十数年前の夏、所はアメリカのブライス・キャニオンというユタ州の渓谷で、私は一頭の馬と出会って世にも不思議な体験をしたのである。ブライス・キャニオンは目に染まるような赤い岩が、尖塔のように林立した奇観で名だたる渓谷だ。滞在四日目、明日はこの地を去って、アメリカ横断一ヵ月の旅の最終地点であるサン・フランシスコへ向かうという日、女性通訳が馬に乗ろうと誘った。

渓谷の周囲数キロメートルの断崖に沿って、地元のカウボーイが馬を連ねて案内する。さっそく牧場へ行くと、馬は二十頭ほどもいて観光客が順番に乗っていた。通訳が先に乗り、私もその後に従った。彼女の馬は黒と灰色のまだらで、私の馬は茶色だった。

出発前にカウボーイが馬上から手綱さばきなどを説明したが、私には何を言っているのか聞き取れず、やがて馬の列は粛々と歩き出した。ところが私の馬だけは騒々しい。前を行く通訳の馬の尻を、「早く行け」とばかりに鼻面で突いた。

二頭の馬の間に小競り合いが始まりそうな雲行きだった。通訳は自分の馬の背にへばりついた。そのうち私の馬は勝手に追い越して、カッカッと早足になる。とみると、急に止まって動かなくなった。カウボーイは列の先頭にいて姿も見えない。周囲の人々が「キック、キック」と私に言う。教えられる通り両腿で馬腹を軽く蹴ると、馬はまた歩き出す。私は最低の馬に当たったのだ。

馬の背は怖ろしいほど幅広で、ずり落ちないように股がっているだけでも並大抵の苦労ではない。松林を抜けて断崖にさしかかったとき、私の馬は何が気に入らないのかいら立って、今にも駈け出しそうになった。私は思わず眼前の馬の首に必死に念じた。

「お願いだから、静かに乗せて！」

声には出さなかったが、馬のたてがみを見つめて懸命に呼びかけたのである。

「私は旅の途中よ。おとなしく乗せてくれたら、日本へ帰ってもお前のことは忘れない」

するとそれに合わせるかのように、ふいに馬の足取りが緩《ゆる》やかになっていったのである。しだいに落ち着きを取り戻していく。信じられないような変わり様だった。

「そうよ。そうやって歩くのよ！」

馬が静かになると、私は馬の胴体を両脚で締めてみた。昔読んだ小説にそんなことが書いてあったのを思い出したのだ。すると馬の鞍に腰が安定した。次はカウボーイを真似て片手で手綱を持つ。この馬とならどんなことでもできる気がした。馬がそれを許したのだった。

そうやってぶじコースを一周して牧場に戻ると、私は馬の背から降りた。翌朝早く車で渓谷を発ったので、馬とはそれっきりだった。

しかし帰国後もそのときの馬の乗り心地が忘れられず、本気で乗馬を習おうかと考えた。結局、乗馬クラブが遠くて断念したが、今もあの茶色の馬のことは忘れない。

人と動物は心を通わせることができるのだ。

数年前、黒柳徹子さんも同じような体験を何かに書いていた。やはり旅先で乗った馬が暴走したとき、切羽詰まって心の中で馬に念じると、危うく川岸で止まったという。

新聞の読者欄に載った投稿にも、似たような女性の話がある。亡夫の墓参りに行くとカラスが墓の供え物を荒らしていた。それでカラスに墓を荒らさないよう置き手紙を残して帰ると、ぴたりと止まったという。

黒柳徹子さんがどこの国で馬に乗ったかは覚えていないが、ブライス・キャニオンの馬に日本語が通じ、カラスが墓の置き手紙の内容を理解する。

私は思い出の扉を閉じて、我が家の庭で昼寝をしているユーリィに目を移した。そこに一匹だけ、馬にもカラスにも劣る、飼い主の言葉の通じない動物がいるのだった……。

ルビィの星

ユーリィは嚙まなくなったが、依然として悪さは直らない。家の中では暴れまくりの狂犬状態である。ところが、不思議なことが一つだけあった。家の中では騒ぎ、遊んでくれと鳴き立てるのに、階下の庭におろすと静かになるのだ。

むろん庭でも悪戯《いたずら》は並外れて、大穴を掘ってフェンスの下を潜り抜けたり、コンクリート床にアルミ枠で止めた極厚のゴルフマットを食い破ったりで、道行く人には塀越しに悪戯の進行状況が毎日見えて笑われる。しかしそれでも、吠えて家の者を悩ませることはないのである。

無心に遊んで、疲れるとぐうぐう寝ている。通りがかりの人がユーリィの名を呼ぶと、お座りして尻尾を振るのだった。

こうしてユーリィは一日の半分を庭で過ごすので、仕事をする私はずいぶん楽になった。

庭の上には二階がせり出して、雨が降ってもめったに降り込むことはない。

夏の午後、ユーリィはそこで昼寝をする。フェンスの向こうには大きなナナミの木が植わって、涼しい日陰を這わせていた。その葉陰がチラチラとユーリィの背中で揺れる。生き物のいる庭はぬくもりがあった。

この庭のことを語ろう……。

三年余り、階下のこの庭はひっそりとしていた。ユーリィがくるまで、私はめったに庭へはおりなかった。極力、庭を見るのを避け続けていたのである。

ナナミの木の根方には、私たち夫婦の悲しみが一つ埋められていた。そこには前に飼っていたシベリアン・ハスキーのルビィが眠っていたからだ。三年前の一月五日の夜、ルビィはこの庭で急死した。

家を建て替える前で、当時、私たちの住居は一階だった。ルビィは庭で暮らしていたが、ベランダの掃き出し窓から自由に家の中にも出入りしていた。この犬は小さいときから屋内でいたずらをすることもなく、観葉植物にだって一度も飛びかかったりはしなかった。とくに躾をしたわけでもないのに、家具を噛んだこともない。猟犬のラブラドールと較べると、ソリ犬のハスキーの力は強いが、のっそりとしておとなしかった。

正月五日は昼から義弟夫婦や次女夫婦も我が家に遊びにきていた。東京の長女も帰郷していた。その賑やかな団欒《だんらん》にルビィも加わり、みんなと御馳走を食べ、遊んで、正月の記念写真まで一緒に撮った。午後八時頃、客がみんな帰り、東京の長女も「サヨナラ」とルビィに手を振って、空港へ行くため我が家を出た。

その後の静かになった部屋の中で、電気炬燵を囲んで私とダンナとルビィはうたた寝をしたのである。二時間ほど経った頃、時計は夜の十時をさしていた。ルビィが起き上がり、オシッコに行く素振りを見せたので庭へ出した。そのまま私がうとうとと炬燵で居眠りしていると、不意に庭からルビィの声がしたのである。

オオカミの血を引くというハスキーは、たまに太い声で遠吠えをする。その声とは違っていた。喉に何か詰まったような異様な声で、あきらかに私たちを呼んだようだった。飛び起きてベランダの窓を開けると、目の前の冷たいコンクリートにルビィが倒れていた。だらりと長い舌が口から出て、もう意識はなかった。その舌を見て、死ぬ、と一瞬、私は直感した。大型犬は寿命が短いと聞いており、いつかはくると覚悟していたそのときが、突然、前触れもなくきたのだった。体重三十三キロの犬の体を夫婦で抱え上げ、部屋に寝かせて義弟に電話をかけた。先刻、帰ったばかりの義弟夫婦は、また車で飛んできた。義妹は車から降りると、玄関にそのまま座り込んでワッと泣き出した。

午前零時。

底冷えのする寒い夜だった。かかりつけの動物病院の先生は診察室を暖めて待っていてくれた。難病の犬や猫がここにきて一命を取り留めることも多く、名医である。しかし診察台に乗せたルビィを診て先生は言った。

「このままゆっくり心臓が止まっていきます。もう注射もやめておきましょう。そっと臨終を見守ってやってください……」

脳の血管が切れたのだ。

静かな死の時間がルビィの体を浸していった。私たちはルビィの体に手を当てて、命が閉じていく様子をまじまじと見つめた。やがて十年間うち続けた心臓の最後の鼓動が止まり、ふっと静寂が訪れた。ルビィの魂は体から抜けて行ったのである。

ルビィの亡骸《なきがら》を病院から連れて帰ると、仏間に寝かせて、私たち夫婦は両側に布団を敷き、朝まで添い寝をした。そのとき横たわったルビィの様子は子供が眠っているようで、私は布団の中で朝方までじっと眺めていた。

翌日、夫と義弟は仕事を休み、私たちは動物霊園でルビィを荼毘《だび》に付した。霊園の事務所で買った素晴らしく大きな長いソーセージを亡骸の胸に、薙刀《なぎなた》みたいに抱かせて、花と一緒に焼いた。

大型犬は特別に戸外の窯で焼く。係員の人がつきっきりで、粉雪の舞い始めた庭で丁寧に焼き上げる。その人の頭や肩に雪は降りしきる。私たちは待合室に入ったが、そこには犬を焼きにきた家族が何組もいて、人々は犬の臨終の様子を語り合い、涙をぬぐっていた。

最近の人間の火葬場は、待ち時間に酒やオードブルなどが出てパーティのようだが、動物霊園の火葬場はお茶があるだけ。短い命を終えたペットの思い出話をしながら待つ。これが本当の葬式だね、と義弟が言った。三時間後、ルビィは小さな骨壺に入ってまた我が家に帰ってきた。

　ナナミの木の根方にその骨を埋めた。

もう犬は飼うまいと夫婦で話し、家を建て替えたとき、私たちは住居を二階へ移した。私はそれきりめったに庭へはおりない。生き物のいなくなった庭は冷え冷えとしていた。

「ルビィは死に上手だったわ」

と義妹は言う。それがせめてもの慰安だった。数日後、みんなと撮った写真ができあった。お節料理の食卓の前でルビィが笑っていた。

ルビィの死については、後から考えると、いろいろ死の予感を思わされることがあった。その一つが死ぬ前の里帰りだった。

　義弟の家には兄弟犬のマックというオス犬がいる。私たち夫婦が遠出するとき、ルビィが子供の頃はよく彼の家に預けたが、だんだん連れて行かなくなった。というのも発情期には二匹で大騒動になるし、元気なルビィが腰の弱いマックを追いかける。そのうえ夕方になると家に帰りたがって、道に私たちの車が現れるのをじっと待っているからだ。

　それが死ぬ少し前のこと。取材で私が一日、家を空けたとき、久しぶりにルビィを義弟に預けた。ところが翌日、家へ連れて帰ろうとすると、動こうとしない。ルビィは車庫の一隅で生まれたのであるが、夜はその同じ場所へ行って眠ったという。結局、四日間も泊まってやっと気がすんだ様子で、義弟の車に乗って帰ってきた。

自分の生まれた家にも戻った。最期の日の写真も撮った。死んだのは正月休みの終わりの日で、帰郷していた長女ともたっぷり遊んだ。看護師で共稼ぎの次女も正月の交代番を休んで帰ってきた。もっと別の日なら、ルビィは誰とも会えなかった。

そして休みが終わりみんないなくなると、もうこれで充分だ、というように死んで行った。長女の乗った飛行機が東京へ着いた頃、ルビィは夜の庭にどさりと倒れたのである。

私は長女にルビィの死を知らせることができなかった。ようやく思い定めて三日後に電話をすると、娘はつぶやいた。

「やっぱりそうだったのね……」

娘は帰り際、ルビィに言ったという。

「お盆にはまた帰るから、元気でいるのよ」

するとルビィが娘を見上げて、返事をしたというのだった。

「ううん、アタシはもうダメ、って言ったの」

「そうルビィが言ったの?」

「ええ。声は出さなかったけど、私にはそう聞こえたわよ。そして私をじっと見つめたの。それでこっちへ帰ってからもずっと気になっていた……」

電話のこちらと向こうで、私たち親子は黙って突っ立っていた。

不思議はまだある。

ルビィの死後、一週間ほど経った夜。ダンナが一人、会社に残って、いつものように設計の図面台に向かっていると、急にむらむらっと犬の体臭が迫ってきた。

「おまえは可愛いけど、臭いなあ！」

ダンナは頬ずりをしにくるルビィに、よく悲鳴を上げた。その体臭が鼻先に漂って、ダンナは愕然と図面台から顔を上げたという。

「ルビィ」

と彼は思わず姿のない犬に言った。

「そうか、お前、会いにきたのか……」

十年間、雨の日も雪の日も休むことなく散歩した犬の、濃い体臭だけが生々しく動いていた。

ダンナはこの話を私には聞かせなかった。義弟夫婦に話したのである。

私はその頃、ルビィの耳を握り締めるときのコリコリした手の感触を思い出し、毎晩、泣いていた。宙に手を伸ばして、もしや見えなくてもこの手にだけでも触れてくれたらと待っていた。しかし私の手は空しく宙を探るだけだった。

ルビィは残業中のダンナに、二度、会いにきて、それきりふっつりと絶えた。

死は遠くへ抛《ほう》られたボールの玉に似ている。それはずんずん遠ざかって行くけれど、決して消えることはない。ただどこまでも永遠に遠ざかり続けるだけである。

私はルビィのことを思うとき、宙にどこまでも抛られて行くボールを連想する。

死の真っ暗な空間を飛び続けるルビィ。何だか遥かな星のようでもある。どんなに遠く離れても、星はまたたいている。

ユーリィの幼稚園

九月になった。

ユーリィとの格闘に終始した、汗まみれ涙まみれの夏が終わる頃、私たち夫婦はある計画をひそかに目論《もくろ》んでいた。

というのも生後半年を過ぎて、ようやく噛みグセも直ったところで、子犬のユーリィに世の中を見せるため、よその犬たちと触れさせるため、またまた、必要最低限度の躾を受けさせるため、ペット・シッターの知人の所へ預ける準備を始めたのだ。

つまり犬の学校である。といっても厳しい警察犬訓練所のような所ではない。私たちはユーリィをドッグショーに出す気もないし、家庭犬としてごく普通に人間と一緒に暮らす躾が入れば充分である。そこで親しいペット・シッターのUさんに、二ヵ月ほど預かってもらうことにした。

犬の幼稚園！

そうなのだ。ユーリィはこれから幼稚園に入るのだった。今のところ身に付いた芸といえば、お座り、と、待て、だけだが、その二つも気が向いたときしかやらない。噛みグセがひどくてろくに躾する余裕もなかったので、飼い主の命令などほとんど無視状態だ。

ユーリィの入る幼稚園は長崎市内にある。北九州の我が家から長崎まで、高速道路を走って約三時間。わざわざそんな遠い所へやらなくても、北九州にだって犬の学校はある。しかし長崎のUさんの店は、犬をケージに入れないのだ。他の犬を噛むなど問題のある犬以外は、冷暖房設備のあるワンルームに入れて共同生活をさせる。普通、犬をケージに入れずに飼う場合は戸外が多いのだが、Uさんの所は清潔な屋内で蚊やダニの心配もない。それに犬嫌いの犬が増えている昨今、大勢の犬と遊ばせる機会は得がたいものがある。

Uさんはたぶん長崎でペット・シッターという言葉を初めて使った人だろう。飼い主の留守中に犬猫を預かったり、躾をしたり、出産を手伝ったり、そんな仕事の合間に、野良猫に餌付けして病院に連れて行き、避妊手術を受けさせる。彼女はそれだけでなく、店の収益で山に土地を求めて、野良犬を収容する施設を個人で設けていた。

と、まあ、こんなUさんがいるおかげで、距離的にはだいぶ離れているが、私は思い切ってユーリィに旅をさせることにした。週一度くらい、車で高速を走って長崎へ面会に行くのである。

生まれて初めての集団生活で、ユーリィは泣かないだろうか。私は娘たちの修学旅行のときみたいにドキドキした。

うまく他の犬と友達になれるだろうか。

いじめられたりしないだろうか。

大丈夫、といってもやはり犬同士、喧嘩して万一、噛みつかれたりしないだろうかなんて、噛みグセの前科はこっちにあるのに、噛まれる心配のほうが頭をよぎる。

「最初の晩は淋しがって鳴くでしょうね」

と電話でUさんに尋ねると、

「だいたいどの犬も、飼い主がいなくなって一分くらいですね。キョロキョロするのは」

と彼女はカッカッと笑った。

「泣くのは飼い主さんだけで、犬のほうはケロリとしたものです。飼い主さんが気の毒なくらい」

不安がる私を励ますためか、本当にそうなのか、真意はわからない。だって死んだ飼い主を慕って待ち続ける犬の話がよくあるではないか。いなくなって一分後にケロリでは、飼い主としては何というか甲斐がない。

「犬の友達が沢山いるから、ころっと忘れて遊ぶんですよ」

とUさんの言葉を信ずるほかはない。いよいよ九月の最後の週に、ユーリィを長崎へ連れて行くことに決めた。

二ヵ月間、ユーリィがいなくなる。

突然、カラッポの空が降ってきた。ユーリィが縫いぐるみの人形状態でやってきて五ヵ月、嵐のような日々だった。一瞬でも目を離せば、噛まれる、壊される、倒される、神経を張り詰めた百五十日。それが不意にいなくなるのだ。考えているうちに、じわじわとうれしさがこみ上げてきた。

しばしの平和。

しばしの休戦。

ユーリィの不在がそんなにうれしいのなら、犬の訓練は半年ほど長期に仕込んだほうが効果が高いというし、いっそ預ける期間をもう少し伸ばせばいいのだが、それはやっぱり厭《いや》なのだ。二ヵ月が犬にも私たちにも我慢と忍耐の限界だ。

私と夫はこの休養期間を有効に過ごすべく、東北旅行の計画を立てた。毎晩、ユーリィが寝室のケージに入って眠った後、ダンナは旅行雑誌を広げて案を練った。彼はかねてから東北の秘湯に行きたがっていた。私は犬と仕事机から離れることができれば、要するにどこでもいい。

「車はやめて、足で行こう」

とダンナは殊勝なことを言う。使うのは飛行機と鉄道と、二本の足。クルマ人間のダンナにすれば、珍しい画期的な提案だった。秘湯に車は似合わない。

あらためて自分たちの体をうち眺めれば、手も足も、背中と言わず、お尻と言わず、全身もうユーリィの嚙み傷だらけだ。古いのもまだなまなましく新しい傷跡もある。私たちの年齢になると、こんな嚙み痕《あと》でもなかなか治らないのだった。秘湯に浸ってそんな体を癒したい。

別れの場面を想像して私は涙ぐむ。

一日、一日、長崎行きの日が迫ってきた。

そのくせなぜか旅の支度はどんどん進み、リュックサックやウエストポーチ、携帯ラジオに携帯の電動歯ブラシ、雨具に山行きの靴、九月末ともなると東北の秘湯は冷えるというので、防寒着に帽子、靴下と買い物はどんどん増えていった。夫婦で旅行するのは、じつに十五、六年ぶりの椿事だった。

ユーリィ。あばよ。

私たちは東北へ行くからね。おまえは長崎の学校へお行き！

ユーリィを長崎のUさんの所に投げ込むと、私たちは翌日、旅仕度を整えて福岡空港から飛行機で飛び立った。ばんざい。ばんざい。

Uさんの所では、前日、犬の入所式なるものを見た。店のワンルームにはその日も十何匹かの犬がいた。ラブラドールからチワワまで、客から預かった犬の犬種は大小様々だ。

Uさんがユーリィを連れて入って行くと、たちまち中の犬たちが取り巻いた。

ユーリィはじっと動かず、彼らに体の臭いを嗅がせる。誰に教えられたわけでもないのに、そうやって新入りの儀式を受けるのだった。犬たちはとくにユーリィのお尻の臭いを熱心にチェックした。

やがてユーリィを取り巻いていた犬たちがばらばらに離れていった。どうやら仲間入りのテストはパスしたようで、ユーリィも解かれたように動き出す。たちまち新入りも後入りもない親しさで、犬たちはみんなで遊び始めた。

ダンナと私はそっと店のドアを開けて外に出た。ユーリィが鳴いていないか、耳をすませたが何も聞こえてはこなかった。もう一度、思い切り悪く建物に戻って、部屋の中をガラス戸越しに覗くと、なるほどUさんが言ったように、ユーリィは飼い主など知らぬげにケロッとして犬たちと遊んでいた。

さて、東北の旅である。

一日目は鬼怒川《きぬがわ》温泉からバスでさらに二時間近く奥へ入る加仁湯《かにゆ》に泊まった。夜の闇にライトを浴びて浮かび上がる樹林を仰ぎながら、露天風呂に入る。深山に轟《とどろ》くのは滝と温泉の水音だけである。ここまでくれば人間と出会うのも懐かしい心地がする。犬という生きものは遠かった。

二日目は鉄道で会津若松へ北上し、湯野上《ゆのかみ》温泉に泊まり、三日目は郡山、福島を抜けて湯治場のような滑川《なめかわ》温泉に投宿。翌日は仙台から松島へ行き、遊覧船に乗って日本三景の松島湾を見物する。

夜はゆっくり食事をとって温泉三昧。何というゆったり、のんびり。まさに人間だけの夫婦水入らずの憩いの日々である。ユーリィは遠い、遠い。そして、あの急死以来、一日も忘れることのなかったルビィも遠く遥かである。

やっと人間にもどったような気になった。

五日目は一関《いちのせき》からレンタカーに乗って、栗駒山へ登る。山麓の秋田県と岩手県の県境に、須川高原温泉というじつにダイナミックな温泉場があった。近くに噴火口があり、広い露天風呂のそばには巨大な溶岩がぬっと突き出ている。

ここの露天風呂といい、内風呂といい、もう天も地も洗い流すかのような大湯量だ。それが遮るものもない栗駒山の天空にひらけている。山というより、空の温泉である。

翌朝は近くの地獄谷から旧噴火口のコースを二人で歩いた。硫黄で白く染まった賽《さい》の河原を抜け、どこまでも行く。天にも地にもダンナと二人きり。硫黄の煙りが空を暗くして、風がゴウゴウと吹いた。

一週間後、私たちは秘湯の旅を終えて家に帰った。家の庭は森閑として、ナナミの木の下にルビィの亡骸が眠っているだけだ。

庭の暴れん坊の姿はない。

その夜、私たちはひさしぶりに二人だけの静かな家で旅の荷物を片付け、手足を伸ばして床に就いた。前足で飛び上がってドアノブを回す不届きな犬は今はいない。観葉植物の葉に飛びかかり引き倒す暴れ犬もいなかった。

その頃ユーリィはといえば、長崎のUさんの店のワンルームの片隅で、大勢の仲間の犬たちのイビキに囲まれて新参者の身を縮め、独り小さな眠りをむさぼっていたのである。

あんパンの躓《つまず》き

長崎からユーリィが帰ってきた。

季節は移って十二月に入っていた。途中、何度か面会に行って散歩をさせたりしたが、Uさんの調教でユーリィはすっかりおとなしくなっていた。待て、ができるようになり、散歩中のオシッコやウンチもしなくなった。

ユーリィを連れて帰る日は、Uさんも一緒にきてくれた。久しぶりの我が家の玄関で、思わず飛び跳ねそうになるユーリィを、Uさんはいったん首輪を引き上げてしずめ、気を落ち着けさせたところでゆっくり戸を開けて中へ入れた。

なるほど、最初が肝心なのだな、と私も納得する。家に上がると居間の観葉植物の鉢や流しの布巾掛け、本棚の本などを、Uさんが一つ一つ手で示して、

「これはノーよ」

と教える。ノーは一回だけ言う。何度も連呼しては効果がなくなる。

夕方近く、Uさん付き添いの上で、ユーリィを散歩につれて行き、それから彼女は役目

を終えて長崎へ帰って行った。Uさんの置き土産みたいに部屋にちょこんと座っているユーリィを、私たち夫婦は夢のような気分で眺めた。

観葉植物の鉢にも飛びかからない。本棚の本にも噛み付かない。何て静かな犬になったのだろう。正月まであとわずか。これで平和な新年を迎えられるだろうと喜びに浸った。その夜、自分の臭いのしみ込んだケージに入れると、ユーリィは尻尾をぶんぶん振って喜んだ。


翌朝から犬との暮らしが再スタートした。ユーリィは昼間はまたもとのように階下の庭におろされる。急に大勢の犬がいなくなって独りぼっちになり、淋しがるのではないかと案じたが、そこは暢気《のんき》なラブラドールの性格で、何ということもない顔で昼寝している。

ところがそんなユーリィに異変が起きたのはわずか数日後だった。

その夕、散歩から戻ってユーリィを部屋に上げると、私たち夫婦は食事を始めた。すると異様に鼻を鳴らしながらユーリィがテーブルに近づいてきたのである。

それまでドッグフードしか食べたことのないユーリィは、人間の食事にはまったく無関心で、私たちが食卓につくや否や、つまらなそうな顔で向こうへ行ってしまうのが常だった。ところがその日は前足をテーブルに掛けて立ち上がってしまった。ノー！　と叱ったが、耳に入った気配もない。

鼻面を食卓にすりつけて、クンクンクンクンクンと猛烈に食べ物の匂いを嗅ぎ出した。それからパッと飛び上がったかとみるや、煮物のお皿に顔を突っ込んだ。私もダンナも一瞬、声も出ない。唖然となった。もうその後が大変だ。首根っこを掴んでテーブルから引きずり、ばたばたと抵抗するユーリィをリードで柱のフックに引っかけた。

ユーリィは鳴き騒ぐ。食べたい！　食べたい！　食べたい！　食べたい！　食べたい！　鳴き叫び、暴れ、リードも切れんばかりに飛びかかり、もう大興奮状態である。おかしい。私とダンナは顔を見合わせた。

ユーリィをフックにつなぎ止めてようやく食事を続行したが、皿の食べ物を見るユーリィの目があきらかに昨日までとは違う。私たちが口に入れているのが食べ物であることを知っている目だ。口から涎《よだれ》がぼとぼとと滴《したた》った。

翌日、ユーリィを階下におろして私はひたと考えた。ユーリィは誰かに人間の食べ物を与えられたのではないか。しかしいったい、いつ、誰が、どこでユーリィに食べさせたのか。長崎のUさんに電話で相談すると、彼女も驚いた。

「何てことでしょう」

と言う。ユーリィを連れて帰った日、私たちはUさんと三人で出前の寿司を取って食べた。そのときもユーリィはテーブルから離れて独り遊びをしていて、

「良い習慣をつけていますね」

と彼女が感心した矢先だった。

「外から誰か、投げ込んでいませんか？」

とUさんが電話の向こうで言った。

ハッとした。昨日から塀の外の道で道路工事が始まり、人の出入りが繁《しげ》くなった。昼になると、工事の人々が塀の陰で弁当を広げた。ときどき口笛が庭に向かって流れる。犬の好きな人がいるのだ。彼らの弁当箱の肉や卵焼きなどが、塀越しに飛んでくる様が浮かんだ。

「犬に人間の食べ物を与えないで下さい」と書いた貼り紙を私は外へ出した。すると工事の人が気の毒そうに教えてくれた。

「昨日も一昨日も、あんパンみたいなものを投げ込んでいましたよ」

犬の散歩中と見える初老の男性が、通りがかりにユーリィに声をかけて行くという。そのとき、あんパンを投げていたらしい。悪気はないのだろうが、もう取り返しはつかない。

「今度きて投げようとしたら、奥さんが困っていたと言ってあげます」

その後、塀から食べ物が投げられるのは止んだが、私たちの食事中、ユーリィが興奮する癖はますますエスカレートしていった。人間の食べ物の味と匂いは、犬の脳にしっかりとインプットされたのだ。

食事が始まると私たちは「ノーッ！」を叫びまくり、ユーリィは大暴れの末に柱のフックにつながれる。犬はいったん食べ物で躾が崩れると、何とも脆《もろ》かった。根気よく積み上げたものが壊れていく。ああ。それからまたしても、かつての悪夢、ゴム紐がビュ――――――ン、ビュ――――――ンの光景が戻ってきたのだった。

そんな矢先、我が家のダンナの体調に異変が起きた。酒と煙草と仕事で酷使しながら元気の見本みたいだったダンナが、ある日、病院で生活習慣病の診断を下された。

昨日までの飲酒喫煙をかなぐり捨て、玄米食療法を始めた。玄米御飯は噛まねばならない。一口百回噛むと、食事はたっぷり一時間以上かかる。食事時間が延びれば延びるだけ、ユーリィが騒ぐ。人も犬も辛いのだった。どうする？ これから……。

ある晩のこと。

私は鳴き騒ぐユーリィに憤然と立ち上がると、階下の庭へ追い出した。いや、ユーリィは何のことかも知らず、はしゃぎながら階段を駆け下りて、暗い庭へ飛び降りた。空に黄色い月がかかっていた。ユーリィは大喜びで庭をぐるぐる駆ける。私はそんな犬に背を向け、階段口のフェンスの鍵を掛けて二階の家に戻ってしまった。

耳を澄ますと階下の庭はシーンと水を打ったようだ。ダンナをとるか。犬をとるか。選択肢は一つである。ダンナは庭で暮らせないが、犬は本来、庭こそが生活圏だ。外は月光が降るようで、ユーリィはコトリとも音を立てない。ままよ、と寝室へ入って私も寝てしまった。

明くる日、ダンナが庭に降りると、ユーリィは欠伸《あくび》をしながら大きなのびをして起きてきた。人面犬は顔の表情が読みやすい。にこにこして、いつもの朝のあの幸福な顔である。ラブラドールという犬の不思議……。めげず、いじけず、底抜けの明るさ。屈託のなさ。

「ユーリィ。夕べはどこで寝たの？」

工務店経営の義弟に特注のハウスを造ってもらってはいたが、今まであまり入ったことはない。しかしハウスの中を覗いて見ると、ユーリィの玩具のボールなどが転がっていて、あきらかに入った形跡があるのだった。その夜、庭で食事を与えて私が二階へ戻ろうとすると、ユーリィは何の疑いもなくついてこようとする。それを階段の上がり口で押し止めて鍵を締めると、あれ？　という顔をした。そのまま置いて、家に戻る。これで二日目。その夜もむろんユーリィは鳴かなかった。ダンナはゆっくり食事をした。

それから三日、四日、と日が過ぎて、半年余り。おやつの投げ込み防止に塀の上に柵を立て、ユーリィは正真正銘の外犬になった。それでも散歩から帰ってくると、門を入った勢いでそのまま二階への階段を上がろうとする。リードを引くと、「あっ、そうか！」という顔で庭のほうへ方向転換する。クルッと向きを変える一瞬、ユーリィの胸に浮かぶ思いは何だろうか。それとも何もないのか。

ダンナはまだ一口百回噛む食事を続行中で、ユーリィを家に上げることは難しい。地元で動物保護のボランティアをしているペット・シッターの人たちに、ラブラドールのことを尋ねてみた。

「いったいラブはいつ頃になったらおとなしくなるのかしら？」

「だいたい一歳から二歳か、三歳くらいの間に、おおかたのラブちゃんはお利口になりますよ」

若い彼女はにっこりして言った。

「でも、たまに七歳くらいまでいたずらなラブもいるようです」

「七歳！　それってシニアじゃないの」

「あと、死ぬ少し前までいうこと聞かない子もいたりして」

私と彼女は、あはははははと笑った。何という犬だ、まったく。

そして夏場はラブを遊ばせるとき、気をつけたほうがいいと彼女は言う。適当な時間で切り上げないと、急にバッタリ倒れて死んでしまう犬がいるらしい。死ぬまで遊んでしまう犬なのだ。突然過ぎて死顔もニッコリと笑ったままではないだろうか。

「でもユーリィちゃんはお利口ですよ」

と彼女たちは言ってくれる。フードを入れた食器の前で、ユーリィはコンクリートに点々と涎の黒いシミを落として座っている。一心にフードを見つめる茶色の瞳。長崎で受けた躾はまだ充分ユーリィの中に入っているらしい。

ユーリィのこと

だんだん日差しが強くなってきた。夕方、犬のユーリィと散歩に出ると、日よけのサンバイザーをかぶった女性とよくすれ違う。顔前部が隠れるような大きな庇《ひさし》を下ろして、すたすたと歩いてくる姿を見ると、ユーリィはギョッとなる。腰を抜かさんばかりに驚くのだ。

顔がない！たしかに人間の私が見ても、庇を深く下ろしたサンバイザーの人間は、潜水服の頭部をかぶったような奇妙な雰囲気。不気味である。ユーリィは彼女が通り過ぎた後も、怯《おび》えていつまでも振り返っている。

犬は知能が高いので、人間のように怖がる。その怖がるわけも、人間が見て納得いくのである。

面白いのはこの季節、風にカーテンがふわりと揺れる。ユーリィはドキッと顔を上げる。風は見えない。ひとりでに動くカーテンは恐怖の対象だ。それから散歩のとき、蝶がひらりと背中をかすめて飛んでいく。前を向いたユーリィにはその蝶の姿は見えなくて、ただ背中の毛を一瞬スッとなでられる。総毛立ってユーリィは飛び上がる。

図体はでかいのに怖がりなのがおかしい。メス犬なのでよけいそうなのだろうか。前に飼っていたシベリアンハスキーのルビィも、やはりメスで、この子もじつにいろんなものを怖がった。

ある日、ルビィがしつこく吠えているので庭に出ると、石塀の上から黒い物が垂れ下がっていた。近寄るとビニールの合羽《かっぱ》だった。その袖が風に揺らされて、「こっちへこい、こっちへこい」と手招きしているように、見えていたのである。

塀の外は道路工事中で、合羽は工事の人が引っ掛けていたものだ。犬が怖がっているからとわけを話し、やっと塀から下ろしてもらった。

怖がりルビィで忘れられないのは、夜明けの蜘蛛《くも》の巣事件だった。夜中の雨があがった朝まだき、庭でルビィの異様な鳴き声がした。ふだんハスキーはめったに鳴いたりしないのだ。

眠りを破られて庭に下りて行くと、銀色に光る妖しい人影が植え込みの間にぼうっと浮かび上がっている。私もあやうく叫ぶところだった。だが待てよしばし。よく見ると、それは雨粒をびっしりつけて光る蜘蛛の巣だった。光のレースの糸が植え込みの間に架かっていたのである。

庭ボウキを持ってきて、私はその美しい幽霊をやっつけた。ルビィはがたがた震えてそれを見ていた。
怖がりのルビィが逝ってしまって、もう八年余になる。あんなに臆病だったのに、独りで旅立って可哀想に、と人間の子のように思うことがある。

犬は人間に似ているから。

知り合いの女性がコーギーを飼い始めた。コーギーといえば、ターシャ・テューダーの庭にいる、あの肥えて足の短い犬たちを思い出す。アメリカはバーモント州の広大な山奥の土地に、花園を作っている九十歳過ぎのおばあさん。彼女と共に暮らす目のクリクリした犬だ。

コーギーにはただもう愛くるしい印象を持っていたが、聞いてみるととんでもない。もとはカウボーイならぬ、牛の見張り番のカウ・ドッグとして作られた犬だとか。大きな牛をこわがりもせず、列を乱す牛の足首にガブッと嚙みついて、蹴飛ばされても動じない。顔に似合わない犬だという。

知り合いの女性は、最初のうち、がぶがぶ嚙みつかれて、大変だったらしい。子犬のうちからこうでは大変と、調教師さんにきてもらって、犬も人間も特訓を受けた。

そういえば我が家のユーリィの、散歩の天敵もコーギーだった。勇猛果敢。大きなラブラドールの塀の向こうで体当たりをくり返す。このごろはさすがに双方ともだいぶ利口になって落ち着いた。

ところでラブラドールは本来、水鳥を回収・運搬する鳥猟犬だという。それで四本の足には水かきがついている。指のまたの薄皮がびろーんと伸びる。そしてシャンプーのとき水をかけられると、喜びのあまり声も出ない。

「もっと水かけて！」とぶるぶるぶると恍惚に打ち震える。普通は犬でも猫でも、毛が水に濡れるのを嫌うものなのだ。

犬は人間の手で用途によって作られた。それはまぎれもないことだ。

ラブラドール・レトリーバーの、レトリーバーとは「持ち帰る」の意味だそうだ。その通り、子犬のころのユーリィは何でも投げると、とんで行って、くわえて持ってきた。投げればとんで行く。持ち帰る。倒れる寸前まで繰り返し、私たち家族を呆れさせた。

面白いことに、シベリアン・ハスキーのルビィは、ボールを投げても取ってこなかった。ただの一度も持ち帰ったことがない。ソリ犬は前へ走ることが使命の犬だ。ボールなど追って行って、持ち帰ってきたら、ソリは転覆してしまう。

ハスキーは〝呼び〟がきかないので知能が低い、と世間で言われたことがある。つまり後戻り、バックをしないのである。呼んでもこない。ボールも取ってこない。それがソリ犬を出自とするシベリアン・ハスキーの本分だった。

今日もユーリィと散歩に出ると、あっちこっちにも自分のＤＮＡを背負った犬たちが歩いて行く。自分の道を歩いて行くのである。

海の犬・陸のイルカ

先日、百円ショップに行ってクラッカーを沢山買ってきた。それまでクラッカーなんて私は一度も鳴らしたことがなくて、だいたいそんなものどこに売っているのかとずいぶん探した。おもちゃ屋や文房具店に寄ったり、パーティで鳴らすのだからもしかしたら台所用品の店かと勘ぐって探したが、ない。それで会社で忘年会の幹事などやっている娘婿に電話で尋ねると、

「百円ショップにガラガラ売ってます」

と教えてくれた。音が鳴って色紙の長いリボンがパアーッと飛び出して散る。だけどリボンが散らないものもあった。どうしてかと思って店の人に聞くと、床に散ると後で掃除をしなくてはならないからだという。面白いので何種類か買って帰った。

さて我が家でのクラッカーの使い道はというと、毎朝六時十五分。正確にこの時間に犬のユーリィが吠え出すのである。外はまだ暗い。冗談じゃないと思うのだが、二階の寝室から見おろすと下の庭で道路に向かって吠えている。早起きの犬の散歩第一号が塀の外を

通るのだ。せめてあと三十分くらい遅くきてくれたら、と思う。吠えるのはユーリィだけではない。近所のゴールデンや柴なども吠え出した。

私は跳ね起きてベッドから出ると、枕元のクラッカーを摑んでサッシの窓を開ける。吠えている。吠えている。ユーリィはこちらには全然気づいていない。そこでクラッカーの紐を引くと、パーン！　と大きな炸裂音が響いて五色の色紙のリボンが窓に垂れ下がった。なるほど。下に落ちない。これはいい具合である。下に落ちればユーリィに気づかれるところだった。

庭は水をかぶったように静かになった。一緒に鳴いていた近所の犬まで仰天して鳴きやんでいる。大成功だ。それから私はもう一度ベッドに戻って寝るのである。

犬は大きな音を非常に恐れる。最も恐怖度の高いのは雷で、次は花火だ。そのわりに飛行機やヘリコプターの爆音にはたいして反応しないのは、長く音を引くものはビックリ度が低いということか。それならクラッカーなども有効ではないかと、犬のムダ吠え防止に買ってきたというわけである。

「いろいろ大変ですねえ」

とメダカを飼っている近所の主婦が笑った。一度この人と近くのペットショップで会ったら、私が犬用の蚊取り線香の大缶や、オシッコシートや、ジャーキーのおやつや、爪切りなどを店のカゴに入れて抱えているのを見て、

「うふふ。メダカはいいですよ。ゴマ粒くらいのエサしかいりません」
と言ったものだ。しかし犬は苦労はあっても、爪楊枝《つまようじ》の先ほどのメダカより飼って可愛いものである。メダカは鳴きも笑いもしない。紐を引いて散歩に連れて行くわけにもいかない。

音で思い出したことがある。

あるとき、夏の雷でゴールデン・レトリーバーの脱走劇があった。雷に驚いて知人の家の近所の犬が庭の塀を突き破って逃げ出したのである。それも四頭だった。母犬と子犬が三頭。子供といっても三歳の成犬だから三十キロ以上あるだろう。住宅地のたいして広くもない通りを、四頭のゴールデンが雷鳴に泡を食って走り抜ける光景を見たら、誰だって驚くだろう。

幸い夜だったため、人にも会わず車も通ってはいなかった。たまたま家の中からそれを見ていた人がいて、庭の門を開けてやると四頭ともぞろぞろ入ってきた。それから交番へ通報すると、彼らの飼い主も探していて、ぶじ親子揃って家に帰って行ったという。

今年は台風が引きも切らずやってきたが、海のほうではイルカの脱走劇だった。こちらは三頭のバンドウイルカが台風23号で毀れた高知の海上プールから揃って飛び出した。ゴールデンの体重は三十キロ前後だから四頭で約百二、三十キロだが、バンドウイルカは二百キロは優にあるので、三頭合わせると六百キロ。何だか凄い逃走風景である。

そのうちの一頭は土佐清水の港で保護され、残る二頭は和歌山県串本町の港で一緒に見つかった。テレビのニュース画面では、見つかったというよりイルカ二頭は水の中から岸壁の人々に愛嬌を振りまいていた。高知の施設へ帰される日は搬送を見送る住民が大勢で別れを惜しんでいた。

翌日のニュースでは今度は帰り着いたイルカが、地元の住民や子供たちに手を振って迎えられるのが映っていた。どこへ行っても、帰ってもこんなに歓迎される、イルカは幸福な生き物だと思った。人間の子が家出してもなかなかこうはいかない。

イルカと犬は似ている。

山口県下関市にイルカの水槽が見えるレストランがある。週一で通っている大学の近くにあって、同僚の先生たちとよく行くのだ。その名も「デルフィーノ」といって、店内に一歩入るとドキッとなる。店の奥の壁が大きな窓になって、その向こうの薄青い空間に巨大なイルカが泳いでいた。レストランは水族館の建物の一階にあって、イルカのプールと壁一枚で隣り合わせているのである。

イルカのプールは深くて、店内から見えるのはプールの底のほうだ。昼間はイルカたちは水面近くに上がって、調教師のお姉さんの合図のもとにジャンプや輪くぐりなどのショーをやっている。

この店は夜がいい。水族館が終わって上に誰もいなくなると、六頭のイルカは店の灯を慕ってプールの底へ降りてくる。そして窓に沿って並んでいるテーブルの客のほうにゆらゆら大きな顔を近づけてくるのである。昼間は手を振って呼んでも知らん顔をしているくせに、上が無人になると自分から寄ってきて、ガラスに大頭をくっつけてくる。犬がのそのそと人間のそばへ寄ってくるのと、凄く似ていた。

間近に見るイルカはとにかく大きい。上のイルカ・ショーで見たのと同じイルカたちとは思えないほど大きな体だ。そのでっかいのが吸い付くように窓にきて、客に何か話しかけるような表情やしぐさをするのである。知らん顔をして食事をしていると、こっちへきて相手をしてくれというふうに窓をつつく。こちらが顔を上げると、ニッと笑うのだ。

風呂蓋くらいの大きな顔が笑うのだから、見間違えることはない。本当に笑っている。ウフッ、と笑うときもあるし、クックックッと笑うこともあるし、ケタケタケタと大口を開けて笑うこともある。犬より表情ははっきりしているかもしれない。その口元や微笑んだ目を見ていると、これは犬じゃないか、と私は思ったのだった。

しぐさや表情だけではない。顔の造作が妙に犬なのである。どこがどう似ているとはいえないが、鼻から先がにゅっと突き出ているところ、口が長くて笑うと歯並びと肥えた舌が見えて、それも犬そっくりだった。じつに不思議な気分である。そう思って眺めると我が家のユーリィにも似ている。窓の向こうの水槽にユーリィの巨大化したのが、遊び戯れているのである。

よしよし相手をしてやりましょう、とばかりに私がワイングラスを手に窓へ近づくと、ティアラという名前のメスの白いイルカがいそいそと寄ってきた。犬だったら尻尾を振ってくるあの感じだ。グラスを窓ガラスに付けると、ティアラが口を開けた。飲み物であることを知っているのだ。飲もうとして口を窓ガラスにつけたまま、尻尾を上にしてぐうーんと逆様になった。これでも飲めない。それで一回転して、今度は横向きにグラスに張り付いて舌でなめた。まだ飲めない。ぷいとすねて行ってしまった。

私は水槽の前を走ってみた。するとイルカはそれが楽しいらしくて、私がテーブルに戻って食事の続きを始めると、ティアラは窓に呼びにきた。ニッとあの犬顔で笑って、こい、と言う。まだ追いかけっこをしよう、と誘うのである。

夜が更けて閉店時間が近くなると客も引き揚げて、イルカたちも水槽の下のほうで動かなくなる。眠りにつくのである。水底に体を横たえるわけでなく、魚みたいに浮いている。大きな体が仄暗い水中に浮いている様は、無重力の世界を見るようで奇妙な眺めである。魂が並んでいるみたいだった。

私は犬とイルカの関係が気になった。

それでインターネットでイルカを検索してみた。するとイルカの先祖はメソニクスといって、五千五百万年ほど前にいた肉食性の哺乳類だというのである。オオカミに似た姿をして、足には蹄《ひづめ》があったというのだ。体長一メートル五十センチほど。あのイルカの背丈を縮めて、顔に毛を生やして、足に蹄をつけたら、どんな姿になるだろうか。いずれにしてもオオカミに似ているとすれば、犬とも遠い昔は親戚関係であっただろう。

やがて台風シーズンも過ぎた。

秋も深まっていく散歩道を、私は日々ユーリィを引いて行くのである。新興住宅地は碁盤目《ごばんめ》のように道路が整然と並んでいる。ちょっと行けばすぐ四つ角にきて、車が通っている。ユーリィはその曲がり角にくると立ち止まり、私の前にお座りをする。前足を片っ方チョイチョイと出して、オ、ヤ、ツ、と催促する。

これは我が家のダンナが躾けたもので、曲がり角で道に飛び出すと危ないので、一旦停止を習慣付けるために座らせてオヤツを与えることにしたのだ。むろん曲がり角ごとに与えていると肥ってしまうため爪の先くらいの大根か胡瓜《きゅうり》の切れ端だ。ユーリィはパクッと食べて道を渡る。

曲がり角がきてパクッ。またきてパクッ、である。曲がり角が近すぎるときは一回飛ばして行こうとするが、ユーリィは引っ張られまいと座ってしまう。大根、大根を忘れていませんか、と言わんばかりに引きずられながら座っている。仕方ないので一個与える。

子供の頃、グリコのキャラメルの宣伝文句は、「一粒何百メートル」だったかなと思う。大根はキャラメルよりカロリーが少ないから何百メートルも保《も》たないだろうなんて思って歩いていると、ふとイルカ・ショーの光景を思い出した。

イルカたちは芸をする度にほうびの魚をもらっていたのである。芸よりほうびのほうが多い。私はその様を目に浮かべながらユーリィを連れて歩いていると、だんだんイルカを一頭引いているような気分になっていった。

哀愁のラブラドール

七月の中旬、一歳四ヵ月になったユーリィは、生まれて初めて動物病院に入院した。避妊手術のためである。

前に飼っていたハスキーのルビィもメス犬だったが、そのときは人間が手を加えることに抵抗感があって手術はしなかった。それで一生ルビィは体に傷の跡一つなく終わったが、体は無傷でも今思えば心は決して安らかだったわけではない。

若い頃のルビィの思い出で強烈なのは、年に二回の生理のときだ。体は大きくても落ち着いた性質で吠えない犬種だったから、飼い始めて半年余り近所の人は我が家に犬がきたことを知らなかった。

そのルビィがいったん生理が始まり発情期に突入するや、状況は一変した。朝の日の出と共に物凄い遠吠えが近隣の家々の窓ガラスをぶるぶる震わせた。体重四十キロ近いハスキーが突如、物狂おしい衝動に駆られて喉を振り絞って鳴くのだった。

ウオーーーーーン！　でもない。

アオーーーーーン！　でもない。

もっと太くて、粘った、野性としか言いようのない声が、絞り出すように喉から上がってくる。まさにルビィ渾身の一大絶叫。一瞬にして庭は『野生の王国』に変貌する。

呼んでいる、呼んでいる、オスを呼んでいる。いや、それよりもっと切羽詰まっている。そんな声が連日、朝から夕方近くまで続く。ルビィの超弩級《ちょうどきゅう》の発情期に、近所の犬たちも異様に静まりかえった。

性衝動は食欲にも勝る。それを一生我慢させるのと、手術とどちらを選ぶか。医者の意見より犬自身のイエス・ノーを聞いてみたいが、とにかくユーリィには手術を選択した。おなかにメスを入れられるとも知らず、ユーリィは車の戸を開けると喜び余って躍り上がり、ドアに頭を打ち付けて飛び込んだ。病院も大好き！　白衣の看護師さんも好き好き！　眼鏡の先生は一番好き！　尻尾をびゅんびゅん打ち振って、声も出ないほど喜びに胸を詰まらせて、そのまま麻酔をかけられてアッという間に手術された。

入院は私の仕事の都合で四日間。

退院のときはおなか一面を包帯で巻かれて、動物実験の犬の写真でよく見るエリザベス・カラーを首につけていた。ラッパ型のサイズにもいろいろあって、ユーリィのカラーは不格好なくらい大きい。つくづく眺めると、赤ずきんのおばあさんを食べたオオカミが、ナイト・キャップをかぶっておばあさんに化けたような顔である。

珍妙、珍妙、可愛い、可愛い、と私とダンナは奪い合ってカメラのシャッターを押したが、やがて出来上がった写真を見て声を失った。ユーリィの顔が違っている。犬の顔は毛に覆われて色艶《いろつや》なんてわからないのに、写真のユーリィは目の下にぽっかりと隈《くま》が浮いていた。目は落ち込み頬は殺《そ》げて、まさに術後の病犬の顔だった。

写真は怖ろしい。人間の目は節穴《ふしあな》だ。

しかし、その写真が出来上がった頃には、ユーリィはもうエリザベス・カラーを外して庭を走り回っていた。動物病院に子宮を置いてきたことなど知るはずもなく、やがて抜糸の日がきて病院に行くときもラブラドールは懲《こ》りない。またまた喜んで車に飛び乗り、病院に着くや、先生大好き！　看護師さん大好き！　と胸に飛び込んで行く。

ユーリィは八月後半か九月初旬くらいに、二回目の発情期を迎えるところだった。痛い思いをさせたが、おかげでもう去年みたいな興奮を味わわなくてすむ。コンクリートの床に散った赤い花びらのすさまじさも、もうない。

手術から一月半経った。ユーリィは庭でトカゲを追っかけている。生まれてただ一度だけ電流をつないだような性衝動が起きて、それっきり消えてしまった発情期の狂騒は、犬の記憶から消えてしまったのだろうか。電流の切れたユーリィは、八月が過ぎ、九月がきても何ということはない。

　だが変化したのは、ユーリィの体だけではなかった。病院から戻って犬が変わった。

　飛び掛からない。スカートの裾にも噛み付かない。家に入っても静かである。ダンナがユーリィに怒鳴っていたあの文句、

「おまえは犬だろうが！　犬というのは主人が椅子に座ったら、そばで静かにしているもんだ！　主人が椅子に座ったとたん膝に飛び掛かってくる犬がどこにいる！　じっとしてろ、おれのそばにじっとしてろ！」

　ところが、あら不思議。

　ユーリィはダンナの椅子のそばにじっとしている。犬が変わったようだ。

　地元のペット・シッターの娘さんに聞くと、たまにメス犬では避妊手術をするとおとなしくなる子がいるという。しかしそれが手術のせいか、それとも入院したショックかは定かでない。たんなるショックなら、やがて日数と共にユーリィは元に戻るだろう。

　私はユーリィの顔を見る。ラブラドールの顔はどうしてこうも人間臭く、哀愁に満ちているのだろう。私の友人は「人面犬」と言ったものだが、それはつまり哀愁、憂愁が深く見えるせいだろう。この世の憂いを見たような表情をしている。

　ラブラドールがどんなに暴れん坊で、性懲りなく、天性の陽気、暢気《のんき》、楽天犬でも、この哀愁顔に私たち飼い主はコロリと騙されてしまう。盲導犬クイールだって、あれがラブ

ラドールでなくて、たとえばもう少し本来の犬顔のゴールデンだったら、ジャーマン・シェパードだったら、本を読んで泣く人々の反応も違ったのではないか。

獰猛《どうもう》、強靭、走ればシェパードより速く、体はタコ糸で括《くく》ったハムみたいに肉がむっちりして、そのうえにあの哀愁顔である。悪いけど憎めない。怒った後で切なくなる。食うだけ食って昼寝して、何が可哀想なのかわからないが哀れをそそる。そうか。ラブラドールは哀愁犬なんだな……と。

初秋の朝。ユーリィが散歩に行って帰ってくる頃、布袋をぶら提げた近所のKさんが我が家の前を通り、団地の坂を上って行く。Kさんは七十歳前後の一人暮らしの婦人である。ルビィが生きていた頃は、犬の散歩でKさんとよく行き合った。彼女は年取った柴犬を連れていた。ルビィはどんな犬と道で会っても知らん顔だった。それで私もKさんとはすれ違うときに会釈するだけの間柄だったが、やがて年齢の順番でKさんの犬が死に、何年後かにルビィも逝った。

それから我が家にはユーリィがきたが、Kさんは次の犬は飼わなかった。その代わり、いつの頃からか、雨が降っても雪が降っても、布袋を提げて一日も休まず団地の坂を上って行くようになったのである。そんな彼女にあるとき、どこへ行くのかと尋ねると、

「アタシを待っている犬がいるんです」

とKさんは教えてくれた。

坂の上にある家に、シベリアン・ハスキーの老犬がいるという。飼い主の主婦がわけあって家を出て、犬だけが取り残された。Kさんはその犬の所へ毎朝、エサを運んで行くのだった。

食事をさせて、毛をブラッシングしてやり、庭の掃除などもして犬の環境を整える。その家は無人ではないけれど、家人は出張がちで犬の面倒を見る人はないらしい。近所の話を聞いて、Kさんが世話を始めたのだ。

動物管理法ができても、警告ではこういう問題は解決しない。法律よりKさんのような人の実際の手が犬を助けるのだ。

「うちの犬は死んだので、新しい犬を飼う代わりに面倒をみるんです」

ハスキーは七歳。Kさんはこの犬の寿命が終わるまで頑張ると言っている。

今朝も朝陽が照りつける坂道を、Kさんは家並みの日蔭に張り付くように、犬の食べ物を持って通って行く。手に提げた袋の中に入っているのは犬の一日分の糧だ。まさに犬の一日分の命が入っている。

先日はルビィの元飼い主だった義妹が電話で泣いていた。

彼女の家の近くに老いたハスキーのいる家があるという。真夏に紐でつながれたまま日蔭もなく、紐の長さぎりぎりまで軒下に這い寄っているが届かない。

ブラッシングどころか、食事もろくに与えられず、水入れは乾いて転がっている。犬を飼っている近所の人たちが交代で世話をしに無断で庭に入っているが、見つかれば怒鳴られる。飼い主は中年の男性で怖いという。

「その犬がとうとう動けなくなって、ウンチとオシッコにまみれているんです。そっと昼間に行って体を洗ってやるんだけど、もう蛆《うじ》が湧《わ》いて苦しそうで」

何にもしてあげられなくてごめんね、と義妹が泣くと犬は苦しそうな舌で彼女の顔をなめたという。思い余って夜、一大決心をして飼い主に手紙を書いて郵便受けに入れた。

「ワンちゃんが苦しんでいます。病院に連れて行って安楽死させてください。これ以上生かしては可哀想です」

その犬が数日前、主人に連れられて病院へ行ったという。治療のためではない。犬はようやくこの世の苦痛から解放されたのだった。飼い主もここにきて初めて哀れを感じたようで泣いたというが、何日も蛆を洗いに通った義妹は犬の苦しみを忘れることができない。

義妹は言った。

「私、今度生まれてくるとき犬になってたら即、舌を噛んで自殺します。犬は飼い主の人間しだいで幸不幸が決まってしまうでしょう。もしも動物実験用の犬にでも生まれたら、もう地獄の一生しかないじゃないですか」

ああそうだ。私も自殺しよう。一緒にしてやろう。

哀愁犬のユーリィは庭で昼寝している。

ロースハムみたいにむっちりした肉の体を横たえて、犬の世界の苦しみも人間の世界の悲劇も知らずイビキをかいている。

いたずら復活

秋、十月である。

ユーリィは一歳七ヵ月になった。

何と信じられるだろうか！　私はこの手こずる犬と一年半近くも一緒に暮らしたことになる。ほんとに狂乱怒濤の日々だった。

それで今はどうかというと、ユーリィは相変わらず変わっちゃいないのだ！

不妊手術から帰ってきた当座は奇跡のようにおとなしくなったが、その奇跡はやがて二十日余りで消えてしまった。不思議、不思議、と私が夢のような心地でフレア・スカートをはいて庭を歩いたのも束の間、あっという間に術後の体力を回復したユーリィは、そのスカートに噛み付いた。

何のことはない。おとなしくなっていたのは、手術の傷跡がまだ癒《い》えてなかったからだった。治ったとたん、自分のハウスの戸を食い破る。散水ホースに噛み付く。私たちに飛び掛かる。見事に元へ戻ってしまった。

ラブは二歳か三歳になるまで、諦めてはいけないというけれど、私はもう膝をつきかけた。仕事と家事と育児、ではない、育犬で、もう息が切れかけている。

私の職業は小説家で、その仕事の中で最もハードなのは新聞の連載小説である。半年あるいは一年間と、約束した期間を毎日、休むことなく書き続けねばならない。その新聞連載をユーリィがきてから開始したのだ。

新聞連載小説を書くにあたって、三つの戒めがある。

その一は、病気にならないこと。

その二は、入院しないこと。

その三は、死なないこと。

つまりは一日も原稿に穴を開けてはならないということだ。

ユーリィを家の中で飼っていた一歳まで、私の仕事場のパソコン机の周囲には、ダンナが日曜大工で造った分厚い板の砦《とりで》が設けてあった。さらに家の柱という柱には、頑丈なフックが何ヵ所も取り付けてある。これなくしては食事も仕事もできない、暴れ犬をつなぐためである。そんな状態で新聞連載を書いてきたのだから、まさに悪夢のような日々だった。

ユーリィのいたずらが復活して、私はとうとう腹をくくった。ラブラドールが二、三歳までやんちゃ犬なら、それまでとことん付き合うしかない。本当にこの犬が人間の良きパートナーとなるかどうか、もう少し長い目で見てみよう。そんな興味混じりの気持ちになった。

というのも月に一度、ユーリィを洗いに出しているラブラドール専門のペットショップの店主さんは、笑いながら言ったものだ。

「二、三歳までラブは手こずるものですよ。でも辛抱強く教え続けていると、本当に良い犬になりますよ」

「でも小さいうちから、お利口なラブもいるじゃないですか」

と私は言った。というのも、これは義弟の話だが、得意先の家で飼っている黒ラブはとても落ち着いていて、先日その家のお年寄りが亡くなって葬儀社の人が打ち合わせをすませて帰るとき、襖《ふすま》の蔭にいる犬に初めて気づいてびっくりしたという。人の出入りにもその一歳の黒ラブは動揺せず、おとなしくしていたのだ。

　その話を店主さんにすると、ゆったり肥えた彼はにこにこしたまま、

「十頭のラブのうち、二頭はそんなふうにおとなしいのがいるもんです。でも本当にラブらしいのは暴れん坊の八頭ですよ。調教するような犬を探している人は、その八頭の中から選びます」

　おとなしいのはラブじゃない。ラブらしくない、と言うのである。

　私たちが店先で話しているそんな間にも、シャンプーのすんだユーリィは、首輪にフェ

ルトの花飾りをつけてもらって、リンスのいい匂いをぷんぷんさせながら、店の奥で暴れまくっている。

「でも、ペット・シッターさんや、調教の人が教えるとちゃんと言うことを聞くでしょう? やっぱり飼い主に問題があるのかしら」

「犬は相手を見ますからね。調教師の言うことは聞くもんです。でも飼い主の言う事は聞かない。はははは」

この店主さんの話を聞いていると、暴れん坊のいたずら犬が素晴らしいラブみたいに聞こえてうれしくなる。

「でも獣医さんは甘やかしたせいだと言いますよ」

「いやいや。ラブはそんな犬なんです。はははは」

そりゃそうだ。獣医はラブを飼っているわけではない。実際飼ってみれば、うちのユーリィみたいに、叱っても、投げ飛ばしても、てんできかない平気な犬がいるってこともわかるだろう。

ユーリィを洗いに出した帰りは、何となく心が慰められる。フェルトの花飾りをつけたユーリィを車の後ろに乗せて、帰路の運転席と助手席で話し合う。

「うちのは十人並みの犬なのよね」

「平均的なラブだな」

「もっと悪いのもいるのよね」
「そんなふうだな」
ふふふふふふふ……。
うれしい。まだ頑張れる。

さて、そんな私の悩みの一つは散歩だった。

何でもない団地の通りが、犬連れで行くと何と不安に満ちた道になることだろう。ユーリィは普段は割合おとなしく歩く。散歩の途中でオシッコやウンチをすることもない。これは長崎のペット・シッターのUさんの所で躾けられたものだ。

しかしユーリィはすれ違う犬に吠えられるとたちまち興奮する。私はその度に必死で引き綱を掴む。朝夕の団地の道は犬の散歩ラッシュである。万一引きずられたときを想像すると自信がなくて、私は一人では散歩に出ることができない。夕方など、ダンナの仕事が遅くなると、散歩も中止となる。

いつだったか雑誌に女優の草笛光子さんが載っていて、その当時流行ったハスキーか何か大型犬を飼っていて、散歩に行く前に「どうぞ無事に帰ってこられますように」と祈って出て行くと言っていた。この悲壮感は小型犬の飼い主にはわからないだろう。

ある夕方、そろそろ暗くなってきたのに、ダンナはまだ帰らない。ユーリィは庭のフェンスの前に張り付いて、今か今かと散歩の時を待っている。私は意を決して仕事机から立ち上がり、身支度を整えた。ズボンに軍手。スニーカー。それから庭へ降りた。

　ユーリィがフェンスの向こうで私を見て、ぴょんぴょんとはね飛んでいる。八ヵ月のとき先天性股関節形成不全と診断されたが、現在のユーリィの跳躍《ちょうやく》は素晴らしい。暴れまくって筋肉がしっかりついたおかげだ。

「今日は二人だけで行くんだからね」

　と犬に言う。

「だからおとなしく歩くのよ！」

　全然、聞いていない。

　その飛び跳ねる犬に紐をつけ外に出ると、思わず草笛光子さんではないけれど、「無事に帰ってこれますよう」と祈る。それから団地の道を一人と一匹、ずんずん行く。

　あっちの道の角、こっちの道の角、と縦横にのびた碁盤目の通りに犬の散歩の影が現れる。こちらが「あっ」と見ると、向こうも「あっ」と反応する。犬を連れた者同士、鉢合わせにならないように、どちらかが素早く道を変える。これが散歩のマナーだ。

　あっちから、こっちから、出たと思えばサッと引っ込むその影は、モグラ叩きのゲームである。

　ときどき強引に直進してくるのは小型犬を引いた飼い主だ。向こうは五百グラムか、せいぜい一キログラム程度の犬だから平気。こちらは二十何キログラムで、それも筋力のラブであるから決死の牽制となる。すると小さな犬に限ってけたたましく吠えたてる。

キャンキャンキャンキャンキャンキャンキャンキャンキャンキャンキャンキャン!

ユーリィはびっくり仰天。

キャンキャンキャンキャンキャンキャンキャンキャンキャンキャンキャンキャン!

その子犬めがけて突進するユーリィを、引き綱を摑んで踏ん張る。

「チョークを使うと力いらないわ」

と義妹が言うが、不器用な私はこの金属製の強制具が使えない。複雑な動きをする犬の首を御すのは難しく、スポッと抜けてしまうからだ。残るは腕力のみである。引き綱ごと犬の首をグイッと持ち上げて、前足で宙を掻くユーリィを叱りつける。

道を変え、あっちへ行き、こっちへ行き、約三十分で散歩コースを巡り終える。汗びっしょりの重労働の三十分だ。薄暮の道を、やれやれ有り難いと、無事、犬共々に生還の途に就く。

仕事を背負って、犬を引いて、いったい何でこういうことになったのか、未だによくわからないが、ホントに何という悪縁だろう。

マリー・フランソアよ、永遠に

十一月に入ると日没が早くなった。

こないだまで明るくて賑やかだった夕方の団地の道が、今は薄暮に呑まれて滅多に人声も聞こえない。

晩秋から初冬にかけて惻々《そくそく》と淋しさを感じる季節だが、ユーリィがきてからはそれどころではない。むしろ人通りが途絶えるぶんだけ、興奮しやすいユーリィの散歩にはもってこいである。

薄闇の向こうから散歩の犬を見つけると、ユーリィに「座れ」をさせる。向こうの犬が通りすぎるまでじっと待たせるのだ。あまり接近しすぎて興奮状態になると、座らせても手遅れだ。かといって早くから座らせると、緊張が続かず立ち上がってしまう。

片手に引き綱を握り、片手でユーリィのお尻を押さえて、夕暮れの道ですれ違う犬との間合いをはかる。向こうの犬が通り過ぎるのを静かに見送ると、「お利口、お利口！」とほめてやる。

そんなとき思い出すのは先代のルビィだ。初めから聞きわけの良かったルビィは、めったなことではほめられもせず、十年間、朝夕、黙々と散歩して死んでいった。可哀想に。

それにしてもユーリィはいつになったらおとなしくなるのか。私はその日が待ち遠しい。ユーリィが良く聞き分けるようになったら留守番をさせて、海外へ取材に出かけたいと思っている。

行き先はフランスのパリとリヨンだ。

といっても現代のフランスの都市を見て回るのが目的ではない。今から約百五十年前のパリとリヨンを探りに行く旅である。

ユーリィを連れて歩いていると、枯葉の敷いた薄暮の道の彼方に一人の女性の影法師が浮かび上がってくる。地味な花飾りの帽子をかぶって、ロングドレスの裾を長く引いている。彼女のまわりには沢山の犬が群がっている。十頭。いや、何十頭。いや、何百頭……。あたりは犬だらけになる。

彼女の名前は、マリー・フランソア・ベルナール。一八八三年、フランス初の動物実験反対協会を作った女性である。

私がマリー・フランソアのことを調べたいと思い始めたのは、まだルビィが生きている頃だった。動物保護運動の資料を調べているときに、彼女の名前を知ったのである。

動物にかぎらず、生きものの命について敏感な者にとって、マリーの人生を覗くことはひどい苦痛を伴う。

マリーの結婚した相手は医学者だった。彼の名はクロード・ベルナール。近代医学史に実験医学の設立者として功名を残した人物である。リヨン郊外の貧しいブドウ農園の子として生まれ、生真面目で勤勉でこの世の真理を探究することだけが生き甲斐の男だった。無名の学究であるベルナールに足りないものは生活費と、彼の面倒を見てくれる妻の存在だ。そんなことで周囲が白羽の矢を立てたのが、開業医の娘だった二十六歳のマリーである。彼女は当時の多くの娘たちがそうであったように、敬虔《けいけん》で貞淑で良く家庭を守るよう賢く教育されていた。

仕事一途の男と、つつましく家庭を守る妻と、二人の結婚生活は申し分ない航路を取るはずだった。しかし、この不幸な夫婦には厳しい新婚生活が待っていた。マリーは我が家の地下室に恐ろしいものを見てしまうのだ。

働き者のベルナールは勤務先の学校だけで足りず、自宅の地下にも実験室を持って、毎夜、日曜はほとんど終日そこにこもって、おもに犬を用いた実験に没頭していた。

ベルナールの仕事で最も有名なのは、犬を使って糖尿病の仕組みを発見しようとした実験だ。彼は麻酔をほどこさず、五千頭の犬から膵臓《すいぞう》と周辺の神経束を摘出することに懸命だった。「生命の不可解な秘密を発見する」ことがこの男の興味のすべてだ。

イギリスの動物実験反対運動の端緒を作った生理学者ジョージ・ホガンは、若い頃このベルナールの研究助手としてパリで四年間を過ごしたが、苦悶の末に帰国すると、モーニング・ポスト紙に長い投書を出した。

私の意見では、動物実験のうち一つとして正当で必要なものはない。（中略）私は多くの辛い光景を目撃したが、一番悲しかったのは、イヌが地下室から実験室に連れて来られるときであった。暗闇から明るい場所に出たことを嬉しがっている表情を見せないで、イヌはその場所の空気を嗅《か》いだとたんに、おそらく迫っている運命を感じ取ったのか、恐怖に襲われたようであった。（中略）何百回となく私は、一匹の動物が苦痛でもがくとき、ぴしゃりと叩かれて静かにおとなしくしろと怒声で命令されるさまを見た……このようなことを述べたあとで、つぎのことを付け加える必要などはないだろう。つまり、私は酒をあおり、泣き、科学はおろか人間も見たくないという気になった。そしてこんな手段で人間を救うくらいなら死んだほうがましだと思った……

（ハンス・リューシュ　荒木敏彦・戸田清訳『罪なきものの虐殺』新泉社）

マリーが台所で鍋を煮たり、子供を育てる家の下には、凄まじい世界が開かれていたのである。

やがてジョージ・ホガンの投書が契機となり、イギリスではヴィクトリア女王も巻き込んだ動物実験反対同盟が作られるが、マリーの暮らしは依然として犬の地獄の上に続けられた。カトリック信徒に離婚という選択肢はないのである。

マリーにできることは、昼間、夫が学校へ行った留守に地下室で苦しんでいる犬たちに、わずかな手当をほどこすことだった。その間に四人の子供が生まれたが、娘二人は育ち、なぜかベルナールが愛した男の子二人は相次いで生後数ヵ月で死んでしまう。

自然の秘密の発見に血まなこの男も、我が子の死の原因を知ることはできない。無力な死児の父となったベルナールは、妻を罵《ののし》った。

「もしおまえが飼い犬と同じくらい息子の面倒を見たなら、息子は死ななかったのだ！」

マリー・フランソアが離婚して夫の元を去ったのは、結婚十七年後だった。カトリック教徒の離婚は世間を驚かせた。マリーと共に地下の実験室から犬たちを救い出していた二人の娘も、このとき一緒に家を出た。

一八八三年、マリーはヴィクトル・ユゴーの家の扉を叩いた。ユゴーにフランスにおける動物実験反対協会の初代会長の役を頼みに行ったのである。ユゴーは「神と人間の尊厳のために」喜んで引き受けることを承諾した。

「動物実験は犯罪である」

とはユゴーの就任演説の宣言だった。

五千頭もの犬の死骸の山を築いたベルナールの糖の実験は、結局、真理の探究とは結びつかなかった。犬の体から膵臓を除去した後、その尿を分析することを思いつかなかった彼は、膵臓の欠陥と糖尿病の間に相関関係があることを発見し損なったのである。

孤独なベルナールの晩年は病苦の連続だった。長年の不潔で湿気の多い実験室の生活は、彼の体をむしばんだ。彼は死の間際、親しい神父を枕元に呼んで、自分は救われるかと問うたという。神父は、救われると答えた。神父にとって、ベルナールは偉大な医学者だったからだ。

彼の死は国葬でもって送られたが、マリーと二人の娘はついに葬列にも加わらなかった。ベルナールは彼の著した『実験医学序説』と共に医学の栄光に名を残した。

マリー・フランソアは夫の仕事を理解せず積極的に妨害し、ついにはこの偉大な学者を捨てた女として、医学史に残る悪妻となった。

マリーはよくパスツールの妻と対比される。パスツールの妻は夫の研究を支え、栄光の晩までそばを離れず支え続けた。それにひきかえマリーの評価の一例はこうだ。

ベルナール夫人こそもっとも卑しい女であり、夫にダニのように寄生する底意地の悪い女である。最初彼女は、輝かしい未来あるひとりの医者に手をつけたと思っていた。しかし彼女が出会ったその相手はひとりの偉大な科学者であった。そして彼女は彼を許すことはなかったのである。一八六九年にやってくるその絶縁のときまで、彼女は自分の貧相な持参金の恩を夫が忘れたことをなじり続け、彼の生理学者としての残酷さに反対し続けてきた。そして、患者への手当てという有意義な行為のかわりに彼がいたずらに苦しめ抜いていた動物たちの側についた彼女は、動物愛護協会へ資金援助し、さらに後には娘たちと、犬や猫の収容施設を設立したのだ。

（ジャン・ロスタン　池田和隆訳『真実の人間たち』）

何という最悪のパートナー同士であることか。外国映画に長い長いテーブルが出てくる。その両端に夫婦が離れて座って食事をする。そんなに離れてるのなら結婚しないほうがいいような、長い長い食卓……。そこから立ち上がって去って行った妻がいた。一八〇〇年代にそんな意志的な女性がいたのである。

皮肉なことに、この医学者名を冠したパリのクロード・ベルナール通りには、今はブリジット・バルドー基金を初めとする動物保護団体の事務所が並んでいるという。

現代のその通りを訪ねて、私はマリー・フランソアの足跡を辿《たど》り直してみたいと思うのだ。

夕方の散歩道に目を凝《こ》らすと、いつのまにか闇は深くなって、長いドレスの人影は消えている……。

私はユーリィを引いて黄昏の町を帰路につく。

ドラマチック・ドッグ！

いやはや、まったく驚いた。

ユーリィに今度こそ奇跡が現れたのである。犬という動物は、というかラブラドールという犬は、ときとして飼い主を仰天させる。

信じられるだろうか。ある日、突然、暴れん坊のユーリィが別の犬みたいにおとなしく散歩するようになったのだ。

まさに夢みたいな光景だった。ユーリィはリードを引っ張ることもなく、私の横についてリズミカルにとことこ歩く。リードを握った私の手は半分遊んでいる。とことこ、とことこと一人と一匹、何の障害もなくスムーズに道を行く。

ああ。犬の散歩って本当はこんなにらくだったのか。私は歩きながらあらためて感動したものである。

今までこの犬の散歩は、悪戦苦闘の連続だった。出会う犬にはかならず飛び掛かり、通りすがりの塀の中から犬の吠え声がするだけで興奮し、一瞬も気が抜けなかった。そのうえ散歩の間ずっと猛烈に引っ張るのだ。

そのためダンナは右手首を痛めて、とっくに散歩前線から脱落した。おかげで最近はもっぱら私がユーリィのリードを握っているが、ときどき自分の胸の、肋骨の強度に不安を覚えてくる。

毎日こんなに強烈に引っ張られていると、そのうち私のアバラ骨はバラバラッと千切れてしまうのではなかろうか。

まったくラブラドールがこんなに馬鹿力を出すとは、私もダンナも想像外だった。先代のハスキー犬のルビィは体重が三十五、六キロもあったが、ビューッと猫に飛び掛かるときの瞬発力は、体重二十六キロのユーリィのほうが圧倒的に強い。

やはりラブのロースハムのような肉体は伊達《だて》ではないのである。

このままでは飼い主の体が保《も》たない。

悩んでいると、私の留守に散歩の代行をしてくれるペット・シッターの娘さんが言った。

「チョークをつけて散歩すると、訓練しやすいですよ」

「でも、外れそうで、怖いわ」

私は尻込みした。

近所のゴールデンが逃走したとき、私は手近にあったチョークを取って捕まえに行ったことがある。ところが暴れまくって前後左右に複雑な動きをする犬に、チョークは何度首にかけてもスポッと外れる。結局ユーリィの首輪を取りに戻ってやっと捕縛《ほばく》したのである。

そのときから私はチョーク恐怖症になった。逃走犬のゴールデンも、我が家のユーリィも似たようなものだ。とても不器用な私の手ではチョークは使いこなせない。やはり首輪に太いリードをつけて、馬鹿力のユーリィにひたすら引っ張られて行くほうが安全だろう。

「でもユーリィちゃんは、チョークに慣れてますよ。よく言うことを聞きますよ」

「いいえ、それはあなたたちだからよ。私はなめられてるからだめよ」

私はてんで彼女たちの話を聞かなかった。

ところがたまたま遊びにきた義妹が、ユーリィを散歩に連れて行って帰ってくると、奇妙なことを言う。

「お義姉さん。ユウちゃんはお利口に散歩しますよ。ツケだってちゃんとできますよ」

まさか。

「ほんと。ほんと。ツケって命令すると、さっとわたしの横に止まります」

「私が言っても全然聞かないわよ」

「アハハ。ほんとになめられてるんですねえ」

義妹が呆れたように笑った。

さてその翌朝のことだった。

午前六時半である。

階下の庭に降りると、いつものようにユーリィが弾丸みたいに飛んでくる。体当たりを食わないよう、素早く横によけて、

「お座り！」

ハイッとばかりにユーリィが座る。座れ、待て、だけはかなりできる。その首にチョークをスポリとはめて、リードを握り、さあ、散歩へ。ユーリィは何だか自分の首の異変に気づいたようである。おや？　という顔だ。私はリードを取って、家の門を開けて道へ出る。ユーリィはスタスタついてくる。

なぜか引っ張らない。

そのまま静かに歩き出す。いつもなら散歩の出始めがいちばん騒々しいのである。うれしくてたまらないから、リードをくわえて引っ張る。

近所の犬たちが吠え始め、その声に興奮してユーリィはさらに引っ張る。とっととと、私は引っ張られて、あっちへ、こっちへ。手が千切れる。腕がもげる。肋骨がキリキリ悲鳴をあげる。

ところがその朝のユーリィは、銀色のチョークを首飾りのように胸元に垂らして、普通に普通に歩いて行くのである。普通というのは、この犬にとって奇跡である。いったいどうしたわけなのか。朝の奇跡としか言いようがない。

途中で「ツケ」をさせてみた。ユーリィはすっと止まって、私の横に立っている。ただチョークを首につけただけで、魔法がかかったように歩く。

いっぺんで名犬に変身したようなユーリィを連れて、私は団地の道を歩きながら、少しずつその理由がわかってきた。ユーリィは長崎のUさんの所で、チョークをつけて訓練されたのだ。リードを引っ張らない歩き方も、「ツケ」の命令も、すべてチョークとセットで覚えたのである。

ユーリィが長崎へ行っていたのは生後七ヵ月から九ヵ月の間である。それから我が家に戻ってきて、一年近く経つ。その間、チョークは使わないままだった。Uさんの所で受けた訓練はずっとこの犬の体の中で眠っていたわけだ。それがチョークの感触と共にまた呼び覚まされた！

翌日の朝は小雨が降った。

私は傘を差して家を出た。むろんその傘はレインコートを持たない犬のためだ。片手にユーリィを引き、片手に傘を差して行くなんて、何と優雅な散歩だろう。

ただ途中で出会う犬には、相変わらず飛び掛かった。しかしそれも、「だめよ」と牽制《けんせい》しながら行くと、必死で飛び掛かりたいのを我慢して歩くのだった。

うう、ダメなんだ、と必死に犬が耐えているのがわかる。えらい。えらい。

私は意気揚々と義妹に電話をかけた。

「ねえ！　ラブラドールってドラマチックな犬よ。突然、変貌するのよ。劇的犬よ。ゲキテキケン！　わかる？」

ラブラドールを育てていると、かならずアッと驚く場面に対面する。私はこれまでにも何回かユーリィには驚かされたものだ。

その一つはまだ生後五ヵ月頃のことである。これはダンナに聞いた話だが、ある日、ユーリィと散歩していると、シーズーの子犬を連れた奥さんが向こうからやってきたという。ユーリィはハッと息を弾ませて、たちまち臨戦態勢になった。ところがシーズーの奥さんは何を思ったか、こっちへどんどん走ってきた。

「すみません。どうかお宅のラブちゃんと遊ばせてください！」

と彼女は言うのだった。

とんでもない、とダンナはのけぞった。

「危ないです。離れてください」

「そうおっしゃらずに」

と奥さんはシーズーを胸に抱いて、

「この子は前に大型犬に嚙まれて、それからずっと犬恐怖症なんです。お宅のラブちゃんはお利口そうなので、遊ばせて直したいんです」

「いいえ、うちのは悪いです！」

ダンナが止める間もなく、奥さんはシーズーを抱き降ろすと、その小さな体をさっとユーリィの前に置いたのである。ああ。もうだめだ、とダンナは目をつぶりかけた。

しかし、である。どうしたわけかユーリィは静かにお座りしていた。

「ええそうですとも、奥さん」

と言わんばかりに、ユーリィは前足をスッと片方出して、シーズーに挨拶した。

「アタシはお利口です。一緒に遊んであげましょう」

シーズーも前足をそっと出した。それから二匹は遊び始めた。

その散歩の帰り、ダンナはユーリィを引きずって、ぷんぷん怒って戻ってきたものだ。

「こいつ、おれたちを騙《だま》していたぞ！」

ダンナはそう言うのである。

何もわからないふりして、こいつはたいていのことはわかっとるんだ。そうだろ。この顔を見てみろ。ばつの悪い顔をしてるだろ。おれたちを騙して、悪いことばっかりしているんだ。おい、ユーリィ、そうだろう！　そうだろうが！

ユーリィは庭に放されると、ダンナの怒鳴り声も知らぬげに、しらっとした顔でぺちゃぺちゃ水を飲み、それからゴルフネットのそばへ行って寝てしまった。

マックが消えた後

ユーリィが上手に散歩できるようになると、私の朝夕の激務は軽減した。少しずつ犬の散歩が楽しくなる。リラックスして歩けるようになった。すると一日に二回、各三十分ずつの散歩が、しぜんにコースを伸ばして四十分になる。

私は道々、ユーリィと歩んだ一年半を思った。ユーリィに引きずられながら、一年間の文芸誌の連載小説を書き上げ、単行本も上梓した。十ヵ月に亘った新聞の連載小説も完了した。私とユーリィの歩く足の下から、道にペタペタと文字がどこまでも長く捺《お》されていくようだ。

何とか仕事もこなせた。

それから家事もこなせている。その家事の中で面倒なのは朝の御飯炊きだった。ダンナの生活習慣病の食事療法で、玄米を炊くのである。普通の御飯ならタイマー付き炊飯器で放っておいても炊きあがるが、玄米は圧力鍋で炊くのでそばを離れることができない。

ダンナの具合が悪くなる前は、朝の散歩はダンナ、夕方は私と役割が決まっていた。しかし暴れまくるユーリィの散歩は、血圧の高い人間には危険である。春先の寒い日、ユーリィが通りがかりの犬に飛び掛かってダンナを引き倒してからは、私が朝の散歩もやることになったのだ。

　午前六時に起きると、私は真っ先に圧力鍋を火にかけて、それから散歩の服装に着替える。蒸気が出始めるまでに野菜を刻み味噌汁の支度をしておく。約十五分で圧力鍋から蒸気が出ると、火を小さくしてさらに十五分、弁当のおかずの準備をしながら待つ。

まだか、まだか、とタイマーの鳴るのが待ち遠しい。リリリリと鳴って火を消すと、やっと犬の散歩となる。約三十分の散歩がすんで帰ると、もちもちした玄米御飯が出来上がっている。

　朝陽の昇りきらない団地の道を、私たち二人と一匹は行くのである。私とユーリィが先を歩き、ダンナが後からついてくる。このダンナの散歩は、離れ犬が襲ってくるとか、不測の事態が起きたときの用心棒役と、肥満予防のためのウォーキングと両方兼ねているのだった。

　団地には車の通りが頻繁な大きな道が何本かある。ユーリィの飛び出しを防ぐため、ダンナは道の手前で「お座り」をさせてビスケットをひとかけら与える習慣をつけていた。私がリードを握るようになっても、ユーリィはダンナがくるのを「お座り」して待っている。ダンナのポケットからビスケットが出るのをじっと待つのだ。

散歩の間、ユーリィは道の角々でダンナを振り返って確認する。こちらの足が速くなり過ぎてダンナが遅れたときは、曲がり角から彼の姿が現れるまで立ち止まって待っている。こういうときのユーリィは、ビスケットではなくダンナが気になるようだった。

それで思い出すのは、以前テレビで観た、犬の障害物レースを撮った番組である。ここにチナツという二歳の黒ラブを連れた少女が登場する。彼女は生まれつき心臓が弱く体も華奢だった。

いよいよレース後半でラストスパートをかけるとき、少女は「チナツ、ゴー！　ゴー！」と叫ぶのだが、犬は足元の覚束ない少女をどうしても振り返ってしまう。去年もそうやって負けた。今年も優勝を逃がす。少女は号泣するが、母親は「有り難う」と黒ラブを抱きしめた。

この犬にとって少女は、自分が守るべき妹みたいな順位付けかもしれない。競走中も少女のことが犬の頭からは片時も離れないのだ。

我が家のダンナはユーリィのボスである。散歩中、ユーリィは私と歩いているが、心はボスのダンナと歩いている。ときどきユーリィは首を後ろに捻《ひね》って歩いている。胴体は前を向いて、首だけ後ろ向きにダンナのほうを向いているのだ。

しかし、ダンナのいない夕方の散歩はスムーズに運んだ。犬は都合のいい生き物で、ダンナの姿がないときはナンバー2の私にひれ伏して従う。首を逆さに捻《ひね》って歩くような横着な真似はしないのだ。尻尾を振り立ててトコトコと真っ直ぐに歩いて行く。

ところが犬には逆戻りがあるのだった。こつこつと積んだ小石が一気に崩れることがある。犬の躾というのはその小石みたいなものだ。利口になった、賢くなった、と気を許して喜んでいると、思わぬところから突き崩される。

ある日。

暮れも近くなった一日、ひさしぶりにダンナの義弟夫婦がふらりと遊びにきた。ひさしぶりというのは、じつは秋の半ばにシベリアン・ハスキーのマックが死んで、二人ともまだ立ち直れないでいるのである。

話は寄り道するが、ちょっとこのシベリアン・ハスキーのことについて語ろう。

マックが十三歳で死んだことで、かつて義弟夫婦が車庫で生ませたグレースを母親とする六頭のハスキーは、我が家にいたルビィを含めて、これで全員がいなくなってしまった。母親のグレースは片目がブルーで片目が茶色だった。親がバイ・アイだと子犬の目は濃いブルーになるというが、その通りルビィもマックも子犬全員が真っ青な目をして生まれた。サファイアの宝石をキラキラはめ込んだような目の犬たちが、あの子もこの子も、もう今はこの世にいないと思うと、彼らの生きた十数年の月日が夢のように思える。

マックは癌だった。けれどハスキーは体毛がみっしりと生えているので見た目にはやつれたふうもなく、最後まで縫いぐるみのように愛らしかった。秋口までは何とか散歩もしていたが、容態が急に悪くなって痙攣《けいれん》を起こした。

「もう安楽死させようかとも思うのですが、お義姉さんだったらどうしますか」

と義妹が電話口で思い詰めたように言った。

私には答えようがない。

我が家のルビィは正月の五日の晩、一瞬の内にあっけなく死んでしまった。そのショックも辛いが、長く病気で苦しむ犬を看取るのも辛い。安楽死の選択は容易ではない。

ところがその後、義妹が電話を終えて居間の隅で寝ている犬の所へ戻ると、年取ってもうブルーが褪《あ》せて灰色になったマックの目が、ぽろぽろと大きな涙を流していた。犬は聞いていたのだ。死期の迫った犬に安楽死という言葉の意味がどういうふうにか伝わったとしか思えない。マックは横たわったまま涙を流した。胸をつかれた義妹はそれで犬の安楽死を思いとどまったのである。

その夜、私たち夫婦はマックの様子を見に行った。ひとしきり起きた痙攣が治まった後のほっとした顔で、マックは横になって私たちを灰色の目で懐かしげに見上げていた。容態が落ち着いたようなので、夜半に義弟の家を出て我が家に帰り着くと、すぐ追っかけるように電話がかかってきた。

マックの息が切れたという。

それから義弟夫婦に耐えがたい時間が襲ってきた。子供はいないので、犬が死ぬと家の中は物音が絶える。人間の子供のように良く聞き分けた犬だから、二人の孤独は深かった。義弟はマックの死を忘れようと、仕事に没頭する。電気カンナが唸《うな》り、電動ノコが仕事場に響く。義妹も黙々と手伝って働く。

夜がくると二人は先を争うように寝た。とにかく考えないことである。マックが死んで四十九日まで、不思議に家の中には犬の臭いや気配が感じられた。夜中に義妹の頬にそっと触れるものがあったという。姿のないマックがまだ暮らしているのだった。

しかし、やがてそれも消えた。ルビィが遠くへ抛ったボールみたいに死の暗黒へ飛び去ったように、ついにマックも住み慣れた家を後にしたのである。

そんな傷心の義弟夫婦をひさしぶりに見て、ユーリィは狂喜した。ことにユーリィは義弟が好きである。義妹のほうは調教師みたいに躾が上手いので、ユーリィとしては少し煙たいのだ。

飛び跳ねるユーリィをじっと見ていた義弟は、急に散歩に連れて行くと言い出した。この興奮状態では散歩どころではないから、私も義妹も止めた。彼を見るとユーリィは、決まって興奮状態となるのである。

「いいから、いいから、ちょっと行ってくるよ。ユーリィが行きたがってるから」

私は仕方なくユーリィの首にチョークをつけた。案の定、ユーリィは猛烈に喜んで跳ねまくり、義弟のリードを引っ張って、イノシシみたいに表の道へ飛び出した。義妹がその後を追いかけた。

悲しいかな、犬好きが必ず躾上手とは限らない。

義弟を見ていると私はつくづくそう思う。溢れんばかりの愛を持ちながら、彼はユーリィのような犬をどう扱っていいのかわからない。それでも可愛くて堪らないので、遊んでは飛び掛かられ、押し倒され、服をビリビリに破られる。

十分もしない頃、義妹がユーリィを引っ張って帰ってきた。

「ヨシアキさんたら、ユーリィをこんなにしてしまって！　ああ。お義姉さん、ごめんなさい。明日から散歩、手こずるかもしれませんよ」

翌日から私は何と道を右へ左へ暴れ牛みたいに走りまくるユーリィを連れて散歩に行く羽目になった。

ユーリィが何とか落ち着きを取り戻したのは五日後だった。

二度目の春

三月四日はユーリィの誕生日だった。

待ちかねた二歳である。この犬が我が家にきてから、ずっと彼方の幸福みたいに待ち侘《わ》びた二回目の誕生日。一歳ではまだ無理。まだ聞き分けがない。二歳になればだいぶ落ち着くという人の話で、とにかく叱ったり、撫《な》でたりしながらこぎつけた。

ところで、我が家ではユーリィの誕生日がくる前に、どうしても潜り抜けねばならない厳しい関門が一つ待ち構えていた。正月の人の出入りもやんで、寒さがしんしんと厳しくなってゆく月の終わり頃。一月二十六日に我が家のダンナが胸部大動脈瘤《だいどうみゃくりゅう》の手術を受けることになったのだ。

手術は胸骨を切り開いて瘤《こぶ》のできた血管を切除し、人工血管に取り替える。順調にいっても七、八時間かかる手術で、死亡率は一割近くある。人工心肺を使って心臓を止めるが、一方で脳障害などの危険もある。しかし切らねばいつか動脈瘤は破裂する。場所は心臓から出た大血管の根元の部分なので、圧力は最大にかかるのだ。昔、石原裕次郎がやはりこの胸部動脈瘤破裂で、生存率三パーセントの死線を越えて奇跡的に助かった。

この病気は胸に銃口を突きつけられるのと同じだ。心臓のポンプの馬力は強大で、静かに休んでいるときでも、一分間に体の全血液量の約五リットルを送り出す。これをエネルギー量に換算すると、五乃至《ないし》七キログラム。この働きを仮に水揚げ装置につなぐと、一分間に人間の体を十センチメートル持ち上げるというのだ。激しい動きをしているときなどは一メートルも持ち上げる計算になる。まさに血の噴水である。

大動脈の血管には常時こんな圧力がかかっているため、いったん膨れた瘤はもう薬で縮めることはできず、切るしか方法はない。それに破裂した場合はもう救急車も間に合わないという。

「切るか、切らないかは患者さん自身の人生観で決めて戴くしかありません」

と医者に言われ、ダンナは手術を選択した。幸い玄米食療法を続けて体調はすこぶる良好。血圧も正常。瘤以外の部位の動脈硬化も治っていた。

一月二十二日、入院の朝、九州は例年にない大雪に見舞われた。車も人も通らない道に雪はどんどん降り積もる。ペット・シッターさんが朝からきてくれる約束だったが、北九州の都市高速が雪で不通になって足止めを食った。ユーリィの朝と夕の散歩とエサやりを頼んでいたのだが、このぶんでは夕方になっても降り止まないだろう。人も犬も何だか最悪とも思えるような朝となった。

ハウスから飛び出てきたユーリィにエサを与え、飲み水を替えようとしたら容器に厚い氷が張っていた。庭は真っ白で、フェンスの扉も凍りつき、お湯をかけて溶かした。ふだんダンナは「雨男」と言われていたが、まさか一生一度の大事のときに「雪男」になるとは思わなかった。

シベリアン・ハスキーに死なれた義弟夫婦が電話をくれたが、この大雪には動けない。ダンナの入院に一緒についてくるはずだった看護師の次女も、昨夜、午前一時に三交代勤務が明けて車で勤め先の病院を出たが、凍結した国道で大型ダンプが横転して大渋滞に巻き込まれた。国道に停まったままの車の中で朝を迎えた、と携帯電話で知らせてきた。

我が家は丘の上にあるので、タクシーも上がってこられない。坂の下に待たせて夫婦で決死の脱出行となった。寒さで血圧が上がれば血管破裂の恐れがある。滑って転べばさらに危ない。破裂の不安がひしひしと迫ってくる。しかし行くしかない。

防寒着に帽子、長靴。背中に振り分けのボストンバッグ。戦後中国から引き揚げてきたダンナの両親もかくやと思うようないでたちだ。ユーリィは庭のフェンスの向こうから、異様な風体の私たちを黙って見上げている。ダンナが掠《かす》れ声をかけた。

「バイ、バイ」

声を出す左反回神経を動脈瘤が圧迫しているので、聞き取れないような掠れ声だ。ユーリィは首を傾げて、怪訝《けげん》そうにダンナを見ていた。

さて四日後。二十六日の手術は、開始が朝の九時だった。終わるのは夕方六時か七時頃だという。寒波はまだ衰えず、義弟夫婦が仕事を休んで四輪駆動車を出してくれた。まだ外が暗いうちにユーリィに朝のエサを与え、家を出た。この日はペット・シッターさんも何とか駆けつけてくれた。

人とは有り難いものである。義弟にしろ、ペット・シッターさんにしろ、ありがたく力を借りることにした。強がって無理をすれば私自身が肉体的にも精神的にも追い込まれる。窮地に立っては、ダンナの付き添いも犬の世話もできないのだ。すべては長丁場なので一人で背負い込まないこと。これが今回、身にしみた実感だった。

さてストレッチャーで手術室に運ばれて行くダンナを見送ると、勤務先の病院を休んだ娘夫婦と、義弟夫婦と、長い長い待機時間を家族控え室で息を詰めて過ごした。昼食には交替で行った。そのうち手術控え室は待機する大勢の家族で混んできた。午後四時半頃、突然、名前を呼ばれた。胸を開けて、心臓を止めて人工心肺につなぎ、大動脈の瘤を切って、人工血管に付け替える。時間的にみて、そろそろ手術はクライマックスになろうかというときである。ハッと私たちは顔を上げた。

死んだ、と思ったのだ。返事をして棒のように立ち上がると、中へ呼ばれた。手術室の脇に小さな面会室があり、執刀医が待っていた。

「手術は今、無事に終わりました。出血がなかったのでやりやすく、輸血もなしでした」

私も、娘も、義弟夫婦も、咄嗟《とっさ》に声もなく黙っていた。ふと鼻先に肉の焼けるようななまぐさい臭いが漂った。医師がガラスの小皿を出した。そこにぶよぶよの肉片が入っていた。電気メスで焼き切った臭いである。

「これが切除した動脈瘤です。危なかったですね。こんなにぼろぼろですよ」

ピンセットで突くと豆腐みたいに崩れた。

「記念に持ち帰りますか？ それなら瓶に詰めてあげますよ」

医者は冗談を言って笑ったのに、

「はい。戴いて帰ります！」

私はお土産を求める人間のように、思わず即答した。

そして瓶詰めの肉片を帰りにもらった。

以後は有り難いことに、ダンナはトントン拍子に回復した。不幸もやがては終息する。

ダンナは術後十一日目、病院始まって以来の新記録という早さで退院した。むろん車の運転は胸骨がつながるまで当分できないので、退院三日後からは片道一時間かけてＪＲで会社にも通い出した。

ただダンナは庭には降りない。ユーリィが飛び掛かると胸の骨はひとたまりもない。喉元からみぞおちまで肋骨を縦に三十センチも切り開いている。最初のうちは、私一人でユーリィの散歩に出かけた。やがて、そのうちダンナもゆっくり歩いて一緒に行くようになった。歩くと心臓のリハビリになるのである。

術後一ヵ月が過ぎた頃、ダンナが病院のリハビリの帰りに、カメラ屋へ寄ってきた。入院前から撮っていた写真を現像したのである。

そういえばダンナは入院間近のある日の朝、散歩のときにカメラを持って出たことがあった。写真にはその朝の私とユーリィの姿が何枚も撮ってあった。

入院の朝の雪で真っ白な庭の風景もあった。ユーリィが何も知らず雪を掘っている。朝食の支度をしている私の後ろ姿もある。家で食べる最後の朝食になるかと思って作ったものだ。息も凍るあの朝の冷気と張りつめた時間がそこに写っていた。

　そうやって三月四日がやってきたが、私もダンナもその日がユーリィの誕生日だということは忘れていた。私たちはダンナの手術後、もっと切実な日にちを数えていたからだ。

術後一ヵ月経てば日常生活にそろそろ復帰できる。二ヵ月経てば車の運転ができる。胸の傷の痛みも薄れる。ユーリィの成長とは別のもう一つの希望のカレンダーを見つめていた。

数日後、私はカレンダーの四日の日付に、小さな丸印がついているのに気づいた。

ああ。そうか。ハッピーバースディー、ユーリィ！

あれほど待っていた二歳の誕生日を忘れていたのは、ユーリィの悪さがもうそれほど私を悩ますことがなくなったからでもあった。

四月に入ると私は思い立って、家を改造した。階下の書庫に掃き出し窓を設けた。庭に向いた部屋の壁をぶち抜いたのだ。こうすれば書庫で仕事をする間、ユーリィと窓越しに一緒に過ごすことができる。そして、もしもであるが、おとなしくなっていれば書庫に上げることもできるのではないか。犬を庭に降ろしてから一年、私はまだ犬と家の中で暮らす生活を諦めていなかった。

さて窓を設けた夜、庭に面したガラス戸を開けてみた。庭のハウスで寝ていたユーリィが、気づいて起き上がり、こちらへ近づいてきた。

「どう、入ってみる？　ユーリィ」

私が言い終わらぬうち、いきなり風を切って大きな犬の体がドサッと飛び込んできた。ガウガウガウガウと喜びの声。ガツガツガツッと爪の音も高く、狭い部屋中を走り回る。パッと跳躍《ちょうやく》したと見るや、本棚の本を二冊パクリとくわえた。そのまま次々にパクリ、パクリとくわえこんで、本棚の本が崩れ落ちた。

まだダメ。ダメ、ダメ、ダメである。

仕方ない。もう一年待つか。

恐竜の日

弥生、三月。

少しだけ陽の射す三連休の中日の日曜。

朝の六時起きでダンナがゴルフに出かけた後、階下の庭で犬のユーリィが車の後を追って吠え続ける。うるさい！ 後で散歩に連れて行くから寝かせて。

それからひと眠り。八時にやっと起きて、ユーリィにチョークをつけて散歩に出た。

この犬は三月四日で三歳になった。これまでの成長の日々を思い出すと、感慨と共に溜息が出る。

生後五十日でもらわれてきて、まもなく家じゅうの電気のコンセントのカバーに飛び掛かり、足の爪の一撃で外してまわるようになった。私はあんなものが外れるなんて、それまで知らなかった。壁のコンセントの穴は電気の配線が剝《む》き出しになった。工務店経営の義弟が陶製のカバーを買ってきて、ドライバーで止め付けた。

「これが子犬のすることかねえ」

庭のフェンスのカギも一回で外されて、ダンナがあわてて補助カギを買いに走った。ああ。死んだハスキーのルビィはお利口だった。いや馬鹿だった。冬の夜は寒いので、寝るときルビィをハウスに入れると、もう外に出ないように戸口にアルミのパイプ柵を立てかけた。ただ立てかけただけだから、そのうち気がついて倒すだろうと思っていたが、パイプ柵は朝までそのまま立っている。

ある朝、ハウスを覗くと、ルビィは柵の前で身を揉んで啜《すす》り泣いていた。必死でオシッコを我慢しているのだ。ヒョイと柵を指でつまみ上げると、ルビィは走って庭の隅に行き、しゃがんで長い長いオシッコをしたものだった。その後ろ姿を見ながら、この犬は馬鹿なのか、度を越した従順なのかと思った。庭にはカギもいらない。

ただ一つルビィの悪癖は庭の植木を嚙むことで、薔薇、棕櫚《しゅろ》、松と何でも嚙んで根こそぎ抜いて庭は木も草もない荒野となった。それでもラブラドールのユーリィよりはましというもの。ユーリィは庭の木なんて目もくれない。この犬の興味は人間にしかなくて、子犬のときは猛烈に人の手を嚙んだ。甘嚙みだけど私もダンナも傷だらけになった。狩猟犬は歯が命なので永久歯が生えたら嚙まなくなる、とか、一歳になったらおとなしくなる、二歳になったらだいぶ言うことを聞くようになる、という人の話を頼りに、ずっとやがてくる明日を待ちながら猛犬と暮らしてきた。

そしてとうとう迎えた念願の三歳だった。だいぶ飼いやすくなった。オヤツを置いて、待て、と言えばいつまでも待つこともできるようになった。何事も日にちなのだ。家々の塀から花をつけた梅や桃の枝が伸びて、時はうららかな春である。散歩から帰ると犬はハウスの毛布を引き出して、庭の陽の当たる所で昼寝の態勢に入る。私も二階の家に戻って寝室のカーテンを閉めると、またベッドに飛び込んだ。幸福な日曜日だ。

それから夢を一つ二つ見て、夢の合間の空白に体をふわふわ浮かばせていると、いきなりドサッ、ドサッと体が激しく揺れた。目を覚ますと、辺りはガタガタ、ドサドサ、ギイギイと物凄い家鳴りの音が耳を圧する。地震だと気がついた。ベッドに飛び起きたが体は固まったままだった。

平成十七年三月二十日の福岡西部沖地震は、福岡県と佐賀県南部を震度六弱、長崎県を五強で揺さぶった。地震の少ない土地で観測史上最大の記録となった。震源は福岡市の北西二十キロの玄界灘で、マグニチュード七と推定された。

私の住む北九州は震度五弱で額縁がちょっと斜めにずれた程度だった。門司で浴場をやっている友人に電話が通じたので、煙突は大丈夫かと聞くと、何とか倒れずに立っていると言う。

北九州は事なきを得たが、震源に近い福岡市の中央区などは震度六弱で、天神ではビルのガラスや壁が落ち、家の中も家具が倒れて物が散乱した。それを知らせてきたのは、中央区に住む女友達で軍馬の水飲み場に同行したＫさんである。

「テレビもコンピューターも壊れたわ。私の仕事場の床は本だらけで、台所は割れたガラスと食器の破片だらけ。風呂は罅《ひび》が入ってる……」

「猫はぶじ？」

と私が聞く。

「うん。ミーちゃん震えてるけど。お宅の犬は？」

「ユーリィは平気よ。庭でぐうぐう寝てる」

犬は雷を恐がるものだが、なぜかユーリィは平気なのである。今もあれだけ揺れた庭に毛布を出してイビキをかいている。妙に天変地異に強い犬である。

「ま、とにかく、みんなぶじで良かった」

携帯のつながった我が家のダンナは、地震のときゴルフ場のグリーンにみんな一斉に突っ伏したそうだ。立っていられなかったらしい。そのくせ、地震がおさまったので残りのコースを回ってくると言って携帯は切れた。

ところで私とＫさんは先日から約束をしていたことがある。日にちは明日。北九州市のスペースワールドの隣にある自然史博物館へ取材に行くことになっていた。地元のＪＲの車内誌に載せる文章を私が書き、彼女がその写真を撮るのである。

しかし余震はまだ震度五や四クラスがくるというし、Kさんの家も当分片付けが大変である。取材はもう少し落ち着いてからにするしかない。私がそう言うと、彼女は急にあわてた。

「あら。行くわよ。行く。行く」

「だって家の中はどうするの？」

「しばらくこの状態。手をつける気も起きないよ。こんなときは恐竜を見に行ったほうが気も晴れる」

そんなものだろうかと私は首をひねった。

「そうよ。地震の後は、やっぱり恐竜よ！　ああ。思っただけで胸が少しスッとしてくる」

「でも自然史博物館だって閉めてるかもしれない」

「明日電話して、開いてたら行こうよ」

Kさんはしつこい。さて一日中テレビを付け放して地震報道を見ながら、知人友人たちから安否確認の電話を受け、こちらもまたほうぼうにかける。その間にも不気味な余震がぐらりぐらりと家を揺する。夜中にも数回、揺れで目を覚ましたが、翌朝は良い天気となった。昨日の地震が嘘のようだが、空の天気と地下の地殻変動は関係ないといえばない。

自然史博物館へ電話をかけると、応対の男性の明るい声が受話器に流れた。

「はい。開館しております」

「あの、恐竜の骨格、壊れたりしなかったですか」

え？　と男性はその質問に怪訝そう。

「揺れなかったんですか」

「ええ。あんまり気づきませんでしたね」

自然史博物館は新日本製鐵の工場区のすぐそばにある。昔、官営八幡製鉄所を建てるとき、国家百年の計のため日本で最も安全な土地を選んだ。私たち北九州の人間は親や年寄りからそんな話を聞いて育った。どのくらい信憑性があるかは知れないが、これは北九州の神話みたいなものだ。神話は崩れるときもあるが、今朝のところは博物館も開いている。

本と食器と瓦礫《がれき》に埋まったKさんに電話すると、

「そうでしょう。もうデパートだって開いてるよ」

前日あんなに揺れたのに、この立ち直りの早さ。私にはただ不思議である。Kさんも勇み立った。

世に恐竜ファンは大勢いるだろうが、そんな人々は北九州市立自然史博物館に一度立ち寄るといい。骨格標本の数では上野の国立博物館に負けるけれど、館内に入ると地球誕生から現代に至る生命進化の道筋が百メートルに及ぶ大回廊に配列されて、ギョッとなること請け合い。その中の中生代の大空間は恐竜ストリートというか、恐竜たちの大通りだ。

時代の古い順に恐竜模型が並んでいるのが、あたかも長い列をなして連なり粛々と行進しているようだ。

肉食竜のアロサウルス。

背中に板を立てたような草食竜のステゴサウルス。

セイスモサウルスは竜脚類の中でもひときわ大きく、体長三十五メートル。この生き物を現代の二十五メートルプールに入れると長い首がはみ出してしまう。いったいなぜ彼等はこんなに図体がでかいのだろう。私たち人間や、動物の小ささがまったくもって笑えてくるのだ。

「骨ってエロティックねえ」

と写真を撮りながらKさんが言う。どれもこれも骨組みだけなので、恐怖の透かし絵のように美しい。吠え声もなく肉も皮膚もなくて、静かな恐竜の林だ。それがずらっと連なって流れていくようだ。

昔、特撮映画の『ゴジラ』を作るとき、吠え声をライオンか虎の声で録音してみたが、哺乳類の声は猛獣といえども温かみがあって何としても似合わなかったという話を何かで読んだ。それで合成音でゴジラの冷たい爬《は》虫類《ちゅうるい》的な恐ろしい声を作ったという。

骨の大通りを出ると、体験ゾーンに入った。そこは三百六十度の体感ジオラマになっていて、一億三千万年前の北九州がひらけている。遥か彼方には火山が煙りを噴き、翼竜の飛ぶ草原や、雷の轟《とどろ》く山がある。ジオラマのトリックは相当の臨場感である。目の前の岩山に草食竜のマメンチサウルスが、塔のように太く長い首をこちらへ向けている。いかにも脳味噌の少なそうな小さな頭。草食竜独特の優しそうな目。紫色に映える空に高く差し伸べられた首を見上げていると、何だか無口な神のようである。無益無害で無能な、しかしどことなく神々しい姿だ。

マメンチサウルスはときどき目をつぶったり、口を少しひらいて灰色の舌を私たちに見せた。

「芸が細かいわねえ」

「生きているようねえ」

と隣の若い女性たちから嘆声が出る。左手の崖っぷちや私たちの後ろの林には、肉食竜のアロサウルスやベロキラプトルがらんらんと燃える目をして立っていた。

ジオラマの上演は一回十分ほどで終わると三分間休みとなる。恐竜の動きは止まってしまうが、それでもときどき眠たそうな目でまばたきをしたりする芸の細かさなので、客は帰らない。地震の翌日なのに連休のせいかいつもより入館者が多かった。私たちは立ち通しで三回続けて見た。誰も立ち去りがたいのだ。何だか心地良い。恐竜が癒しになるなんて思いもよらなかった。とにかく不思議に懐かしい場所である。

二時間ほどして外へ出ると、空はまだ晴れていた。スペースワールドでは観覧車や絶叫マシーンが客を乗せて動いていた。この場所に今見たジオラマの太古の北九州があったなんて信じられない。

しかし私たちの足の下にある地震の活断層の様子さえどうなっているのかよくわからないのだから、人間の目に見える世界なんて知れている。土地の様が変わり大いなる時が移っても、生き物の営みは続いていくということなのだろう。

博物館にいた間、外ではその後、余震はあったのか、なかったのか。

ユーリィは怖がらずに寝ているだろうか。

しばし恐竜時間の中にいて、私たちは夢の野を踏むような足取りで駅へ歩いて行った。

生きものに習う

つい数日前に読んだ文章が忘れられない。どの雑誌だったか、どこの新聞の文化面だったか、動物行動学の今泉忠明氏の胸に残る文章が載っていた。けれど載っていたのに、もう一度確かめようとしたが見つからない。そこに書いてあったことは、現在の私がよく熟読して心に留めるべき内容だった。

それは朝だったか夜だったか、食卓テーブルの汚れた食器を流し台に突っ込んで、広々と開けたスペースにその新聞あるいは雑誌を広げて、立ったまま読む癖が私にはあった。気ぜわしい読書である。

家族は私に「食器を先に洗ったら？」とは言わない。いやな仕事を後回しにしているわけではないからだ。私は生来、食器や鍋を洗うのが好きなので、楽しいことは後でゆっくりやる習慣がある。

そのとき私が読んだのは、イリオモテヤマネコの生態について今泉氏が書いた文章だった。夜行性のこのネコに会うために、氏は島の真っ暗闇の森の中にうずくまって待った。

どんなかすかな音を立ててもだめなのだ。やがてこのネコが静寂の帳《とばり》からひっそりと現れる。

今泉氏が暗闇の中でどうやってそのネコの生態を観察したのかはよくわからない。ただ氏は闇の中でイリオモテヤマネコが瞬時に獲物を発見して素早く捕らえ、それから食べて、また暗黒のただ独りの世界に戻って行く気配の、一部始終に耳を澄ませていたのだった。

そのとき氏は亜熱帯の闇の底で、言い知れぬヤマネコの淋《さび》しさを感受した。体長五〇センチかそこらの一匹のネコ科の生きものが、物音も途絶えた深い森の奥で、人知れず自分の命を養う営みの孤独が迫ってきた。

その今泉氏の文章をここに上げたいが探し出せない。他人とつながってしか生きられない人間は、独りで生きていく動物の行動から学ばねばならないという。たとえば家で飼われているネコは、獲物に飛びかかって失敗したときなど、人間なら地団駄《じだんだ》踏んだりするところだが、ネコはふと毛繕いを始める。

私はネコが長々と足を伸ばして、細い舌で念入りに自分の後ろ足や前足を、それから腹や背中も首を曲げて舐《な》める様を知っている。そして仕上げには自分の性器までたっぷりと舌で磨き清め終わるのだ。

それは失敗の反省と共に、慰安と自己愛のしぐさだろうか。愛《いと》しい、愛しい、と、われとわが身を慰め愛撫《あいぶ》する。その行為には誰に教わることもない、動物の賢さ、深い思慮というものがあるのではないか。

地団駄踏んでいきり立つところを、その気分を外し、よし、よし、とわが身の手入れに気持ちを切り替える。えらいものだ。私は自分を恥じる。私には思い当たることが山ほどある。やりたいことがうまくいかず、紙やボールペンを投げたことがある。あまりの口惜《くや》しさに茶碗《わん》を床に叩《たた》きつけたことだって若い頃に一回だけあった。テニスの大坂なおみさんが、ラケットを地面に打ち付ける過去の姿が先日テレビに出たものだ。彼女もその短慮を乗り越えた。

ネコはえらい。誰に習わずともそれができる。えらくない人間だけが、物に当たり散らし、後悔する。人間は舐める毛がないからだ、と女友達に話したら、

「犬だってえらいわよ」

と彼女が笑った。いたずらした犬を人間が強く叱《しか》ると、犬は横を向いてアクビをするという。ああ、それならうちの今は亡きラブラドールも、私がカンカンになって怒っている横で、フワアーと大アクビをした。そこで私はよけい怒って拳骨《げんこつ》をかましたものだった。

「あれは横着でやってるんじゃないのよ。必死で緊張を解こうとしてるの。犬の知恵よ」

私は黙った。この子たちは独りで賢く生きていかなくてはならないのだ。そしてえらくない人間の怒りだけがむやみに暴発している。失敗したとき、落ち込んだとき、私たち人間が彼らのように自分の手足や腹を舐めたり、アクビをしたら、新聞やテレビに出る事件

の半分は消えてしまうだろう。

おしっこのマーチ

陽が一杯射し込む台所で、まな板にキャベツを載せて、サクリ、サクリと切る。繊維に沿って刃を下ろすと、青白いキャベツの断面がサクリ、サクリと現れる。ああ綺麗《きれい》である。キャベツの切断面が幾つも幾つも、整然とした筋目で生まれ出ては、まな板の上に音もなく倒れていく。昭和初年に彗星《すいせい》のように現れて消えた尾崎翠の詩『青いくし』には、カチカチカチと包丁に刻まれて無限に出てくるキュウリの櫛《くし》が描かれた。

ぎん色に光る包丁の歯の下から丁度《ちょうど》美しい女の前髪に挿すような、青くふち取られた櫛が幾つも幾つも生まれてくる。

野菜の断面が美しいのは、整然とした命のシステムが覗いているからだと思う。プリントしたような、そっくりの切り口の模様。一個でも違った断面なら、細胞だったら癌である。自然の理に沿うたものを見るのは心地良い。

キャベツから犬の話に移る。

知人の家にラブラドールのキャシーが貰《もら》われてきた。盲導犬の中途で退役になった。普通は十歳まで働くが、白内障の親から作出されたので、三歳で早くも眼に異常が出た。視覚障害者の眼となる犬が、盲目になったのだ。

幸い様子が変なことがすぐわかって、人も犬も事故に遭うことなく、若いのに引退となった。知人によれば、このキャシーがじつに利口なのだという。人間の言うことをきく健《けな》気《げ》な姿は、家の子供のお手本である。

「道路の段差の手前にくると、サッと止まって教えるんです。それで、キャシー、ゴー！と声をかけると、また歩き出すんです」

もう引退しているのにである。そして、

「キャシー。グッド！　グッドね！」

とほめると尻尾をプリプリ振って喜ぶ。

「お前はもう好きなように、どんどん歩いていいのよ。晴れて自由の身になったのよ」

そう言っても犬はむろんわからない。

「歩くときは、人の横に付くんです。カム、と呼ぶまでどんなことがあっても待機してる。ウェイト、と命じると待ち続けます」

人が出すコマンドの指示で生きている。勝手には動かない。いまだ命令に縛られている。あるとき犬舎の前でうずくまって、泣きそうな表情だった。そうかと気付いた。ハウス、と指示が出るまで自分の犬舎にも入れないのだ。

「おしっこするにも、人の許可を仰ぎます」

そばにきてお尻をもじもじするので、また気付いて庭に連れて行き、

「キャシー。ワン、ツー」

と言うと、ワンでしゃがんで、ツーで尿を出した。何だか涙が出てきますと言う。

それでも彼女は盲導犬のパピーウォーカーをしていたので、声かけは慣れているのだった。

「けれど、犬を飼ったことのない人や、盲導犬のコマンドの出し方を知らない普通の人に、退役犬は払い下げられていくんです。犬も、人もその後、戸惑ってるでしょう」

「指示の仕方」を記したプリント一枚渡されて、退役犬は引き取られる。人間は幼い犬の脳に数々のコマンドを埋め込んで、鍵をかけた。もうその鍵は死ぬまで開かないのだ。

「きちんと犬にワン、ツーを言ってやる人間がいなかったら、盲導犬は膀胱《ぼうこう》がこわれるまで、きっと震えて待ちますよ」

ふと私の脳裡《のうり》に失踪事件で世を騒がせた、あのオスの盲導犬が浮かんだ。歩きながら水道の蛇口をひねったような大量の尿を、舗道に垂れ流していた画像を覚えている。いや

……。もう真実は謎のままだ。

ただ、いったん生きものの命に埋め込まれたコマンドは解けない。切っても切っても連なって出る、美しい生物の断面図は損なわれた。キャベツやキュウリの自然はキャシーたちにはない。

「ところが困ったのは、大正生まれのうちの母で、シットや、ダウンが言えません。キャシーも面食らってましたが、最近は母の言う、お座り、伏せ、がわかるようになったんです」

ふふ、犬のバイリンガルなんです、と彼女は少し笑って言った。

耳の少年

いつぞや盲導犬アトムの虐待疑惑・失踪が問題になったときのこと。聞けば、盲導犬はオシッコするにも主人の許可が出て、「ワン、ツー、スリー！」の合図がなくてはできないという。飼い主が犬のオシッコのことを忘れると、どうなる？　犬の膀胱《ぼうこう》は壊れてしまうことだってある。

何とか生きものの犬に代わって、視覚障害者の歩行誘導をする機械が開発されないかと思ったものだ。（もともと盲導犬一頭育てるには行政の補助で差はあるが、二百万～五百万もかかる。子犬の面倒を見るパピーウォーカーや、退役犬をみるボランティアの労力、自己出費まで考えると、代替機械が少々高値でもやれるのではないだろうか）

そんなとき知人がコウモリ・ソナーの話を教えてくれた。動物による音波探知機のことだ。それを手がけているという某大学の研究者につないで貰《もら》い、メールや手紙で教えを乞うた。

闇の洞窟に棲息し、夜間行動するコウモリは眼を頼らない。代わりに超音波に近い声を絶え間なく発して、反響音を聴きながら飛ぶという。これを反響定位というそうだ。

「素晴らしい。それでどうなりましたか？」

無知な部外者は単純なものだ。けれど実際の研究では問題があるのだった。コウモリ・ソナーの試作品を用いると、戸外のはるか遠くのビルの位置までキャッチできる。盲導犬は不要だ。しかしコウモリは空を飛ぶ三次元移動で、二次元の平面を歩く人間と同じにはならない。空間の高低感覚も受信するため、ふわりふわりと頼りなく、空中を行く感覚で歩けないという。

もう一つ、動物で優れた音波探知機を持っているのはイルカである。こちらは海中を泳ぐので、イルカ・ソナーもやっぱり三次元の高低感覚に、脅かされることになる。視界を閉ざされた世界で、空中や、水中の感覚と闘いながら歩くのだ。

想像するだけでも不安な歩行になる。というような経緯でこの動物によるソナーの研究は止まっているということだった。

しかし人間も動物の一員に違いない。こないだ雑誌を開くと、眼《め》の見えないアメリカの少年のことが載っていた。彼はコウモリ・ソナーそっくりに自分の口を鳴らして、その反射音で眼の見える友達と同じように自転車を乗り回し、追いかけっこをし、バスケットや乗馬まで楽しんでいた。

学校も幼稚園時代から普通校で、白杖は持たない。周囲では彼の眼が見えないことに気付かない人もいるくらいだ。男の子に喧嘩《けんか》は付きもので、友達に一発殴られると一発殴って返し、物を落とすと自分で真っ直《す》ぐに手を伸ばして拾い上げる。少年は口の中でずっと舌打ちを続けている。これもコウモリやイルカと同じ、反響定位の原理だった。

チッ、チッ、チッ、チッ、と鳴らす、少年のムチみたいに撓《しな》う桃色の舌が、彼の未《いま》だ見たことのない外界の景色をエコーの音で立ち上げる。彫刻のようだと思う。手じゃなくて、舌で造り上げる音の造形。舌の先で構築した町や野を、彼はスケートボードで、自転車で、馬で、あるいはこの子の並外れた反射神経なら、許されれば車でも飛行機でも行けるだろう。

エコーの聴き分けで、ぶつかる相手が鉄か、木質か、ガラスのようなものかも的確に分かり、距離まで把握する。通過して行く車の形も即座に当ててみせる。彼に反響定位の指導をしている学者によれば、技術を教えても実際に使いこなす視覚障害者は多くはないらしい。

彼は水族館で、念願のイルカと四十五分間も一緒に泳いだ。少年はイルカの舌打ちの速さにびっくりしたけれど、イルカも突然現れた小さな人間の舌打ちの妙技に、天晴《あっぱ》れ、舌を巻いたことだろう。

今もどこかの研究室で、視覚障害用のソナーの研究が進んでいるのではないか。もしも盲導犬が我慢せずに自由にオシッコできるようになったら、アトム、帰っておいで。

Ⅲ　動物を愛した人々

馬の仕《し》合《あわせ》吉《よし》

正月明けの五日に、友人のＫさんと会う約束をした。

私たちは新年の海を見に行こうと暮れに話し合ったのである。そのときは暖かい日で、電話口の私の頭にはうらうらと光の射す正月の穏やかな門司港の景色が浮かんでいた。港の一帯は北九州市が整備した「門司港レトロ地区」とよばれる所で、何だかおもちゃの国から持ってきたような跳《は》ね橋だとか、旧の門司税関だとか、旧の大阪商船ビルだとか、旧の門司三井倶楽部だとか、やたら旧のつく建物が並んでいる。

そのレトロっぽい小さな港の町を散策して、海を見て、とりあえずどこかで二人だけの新年会をしようという約束だった。ところが天候は大晦日あたりから一転、元日は雪で、五日の朝は雪こそなかったがひどく寒い。

その底冷えする日に、ＪＲの門司港駅で待ち合わせたが、駅を出ると海風が激しく打ち付けた。もう身も凍る寒さである。海はよして場所を変えようかと二人で思案していると、私の頭をよぎったものがあった。この近くに戦時中の軍馬の記念碑があると聞いたのを思い出した。

　せっかくそばまできたのだから、その碑だけでも見て行こうとKさんに言うと、カメラ持参できた彼女も否やはない。それから駅前から裏手の海側に出て、二人で風の中を駈け出した。とにかく滅茶苦茶に寒くて走らずにはいられないのだ。

　渡船場の前までくると、人力車の若いお兄さんが道端で蛙みたいにピョンピョン飛び跳ねていた。商売道具の人力車は横に置いて、独りで飛んでいる。鉢巻きに法被《はっぴ》姿の薄着だから、寒くてじっとしていられないのだろう。

「もしもし」

　とKさんが声をかけると、彼は飛ぶのをやめて振り向いた。二十代前半のなかなかの好青年だった。

「あの、軍馬の記念碑を知りませんか」

「軍馬？」

　青年が聞き返した。Kさんは赤毛の長い髪を風のせいでメドゥサの蛇頭みたいに逆立てている。彼はその顔を見て少しドキッとなっている。

「記念碑はないけど、馬の水飲み場が残っています。史跡になってるから、そこのことでしょう」

　彼は向こうの交番を指さした。交番の建物の裏手に、私たちの探しているものはあるようだった。真っ向から吹き付ける風に逆らってまた駈け出した。
ある。ある。コンクリートで出来た高さ一・五メートルくらいの半円形の水槽があった。青錆の出た水道の蛇口が一個ついているが、むろん水はもう出ない。『出征軍馬の水飲み場』という説明板が横に立っていた。

戦時中、大陸、東南アジアへと駆り出されて行った軍馬たちの、ここが最後の水飲み場となったのである。昭和六年の満州事変から、二十年の第二次大戦終末までに、軍用船で戦地へ送り出された軍馬はその数、百万頭ともいう。そのほとんどが戦死、あるいは中国大陸や南方の島々に置き去りにされたのである。ここで水を飲んだ馬たちは二度と帰らなかった。

説明板によると当時は西海岸通りに数カ所設置されていたが、現在はもうここだけだという。Kさんは水飲み場と、馬たちの渡って行った海を、一緒にカメラに収めたいと言うが、如何せん、水飲み場は海に向いて建っている。どう角度を変えても、水飲み場を写せば海が入らず、海を写せば水飲み場が入らない。

「腕のふるいようがないわねえ」

Kさんは結局、水飲み場のアップを撮って諦めた。

寒風吹きすさぶ海だったが、天気が良くて陽が射していたせいか海の色は明るかった。
私はその岸壁に想像の軍用船を一隻浮かべてみた。軍馬を運ぶのは大きな船だろう。

門司港には当時から一万トンクラスの船が横付けできた。馬たちがクレーンに宙吊りされる様子を写した郷土史誌の写真を見たことがある。元来、馬は臆病で神経質な動物だから肝を潰して暴れたに違いない。たてがみを振り立て、四肢をばたつかせ、悲鳴を上げる馬たちの積み込みが、ここで延々と続いたのだ。

昼食を跳ね橋の近くのレストランでとりながら、私たちは海を眺めた。ワインを注文して新年を祝ったが、馬の水飲み場を見た後なので二人とも口は重くなる。

「馬は大きいものねえ」

とKさんが溜息混じりに言った。

「あんなに大きな生き物が不幸だと、何だかひとしお哀れが募るわね。犬一匹の不幸もきついけれど、馬一頭となるとよけいずっしりくるわ」

私はわかるようなわからないような変な気持ちである。小さい生き物には小さいなりの、大きい生き物には大きいなりの幸・不幸がある。胴体はその運命の袋と見るなら、やはり彼女の言うように大きな袋のほうが悲しみが一杯詰まっているのだろうか。

私は黒澤明の映画『夢』に出てくる軍用犬を思い出した。あれは悪夢みたいに恐ろしい犬で、小さな背中に爆弾を括り付けられて、死の国に通じるトンネルの闇を兵隊の亡霊たちと永遠に彷徨《さまよ》っていた。

戦争中の写真を見ると、軍用犬の出征にも人間のように幟《のぼり》を立てて前途を祝ってやっている。犬でも爆弾を背負わせれば、人間に劣らない成果をあげる。軍用犬は陸軍歩兵学校の犬の育成所を卒業しているので、幟を立ててもおかしくないエリートなのだ。

馬の出征写真も見たことがある。道に見送る人々が溢れ、その中をやはり幟を立てた馬たちが行く。陸軍学校出の軍用犬と違って、軍用馬はその大半が日本各地の村々から駆り出された農耕馬だ。つい昨日まで田で働いていたのだから、同じく鍬を銃に持ち替えて召集されて行く農家の男たちと似たような境遇だ。人と馬は民間兵なのである。

以前、田舎の親戚の叔父が、馬と牛は格が違うのだと言っていた。牛がトヨタのカローラなら、馬はクラウンだと言うのである。それは昔の話だったから、今ならもっと高級車の名が出るだろう。馬を持っていることは家のステイタスであったのだ。それで一生大事に飼って、死ぬときは「観音様にお返しする」と言うのだった。

そんな馬の世話をするのは家の主婦だ。彼女たちは代《しろ》かきでよく働いた馬には蕎麦《そば》饅《まん》頭《じゅう》を作って食べさせたという。人間の子供に食べさせるために作るのでなく、馬のためだ。また牝馬の出産時には貴重な生卵を何十個も割って啜《すす》らせた。人の子よりも手をかけて飼うのである。それで「おなごが馬好きでなければ良い馬はできない」とか「おなごが強い家に良い馬が育つ」と言ったそうだ。

そうやって考えていると、私には農家から供出されて故郷の村を出て行く馬たちの顔が、何だか人間のように見えてくるのである。

軍馬の名前は入営してから新しくつけ直されるのだろうか。以前ある地方新聞で軍馬の特集があって、岩手県の神社に軍馬が祀《まつ》られているのを読んだが、名前は確か「勝山号」といった。その馬ももとは農耕馬だったというが、「勝山号」とは軍に入ってからつけた名前だろう。すると村にいたときは何という名だったのか。

村々から若者たちが続々と出征して行く。

田中太郎……。山田次郎……。中山三郎……。山本四郎……。本田五郎……。中村六郎……。村田七郎……。

などと続く人間の行列とそっくりに、「祝出征」の幟と旗の波の中をこちらは手塩にかけて磨き上げられた馬たちの列が、

田中アオ……。山田クロ……。中山テツ……。山本ロク……。本田ゴンタ……。中村ジロウ……。村田クロウ……。

と、いったふうに彼らも尻尾を振り振り行進して行ったのだ。

そして村には息子たちも馬もいなくなった。

馬というと、民俗学者・柳田國男の『馬の仕合吉』という文章を思い出す。

昔から馬頭《ばとう》観音という石像が全国各地にあって、馬の安全や病気平癒《へいゆ》、冥福を祈るため

に祀られている。その観音様について書かれたものだが、その中にこんなくだりがある。

それで又何故に、斯《こ》んな沢山の石体（筆者注・馬頭観音像）かと謂《い》ふと、人は何処までも無意味な事はせぬものだ。馬ほどの大きな物が、今まで何とも無くて卒然として斃《たお》れて死ぬ。驚き又怖れざるを得なかつたのである。

人より遥かに大きくて力の象徴みたいな馬でさえ倒れていく、死という計り知れないものへの恐怖が、昔の人々に馬頭観音を造らせたというのである。そして馬は飼い主の庇護《ひご》の元で馬の一生を送る。

馬は大事に飼へば二十五歳までは生き、生きて居る間に役に立ち牝馬なら仔を産む。併し仔を持てば弱るから成るだけ種を附けぬ。殊に年老いてから牡馬を産むと、十が十まで母は死ぬさうである。駒を売放すと三日四日は親馬が悲しむ。空しき厩に戻つて嘶《いなな》く声が痛ましい。併し一週間も過ぎると忘れるらしい。之に反して食物を与へられた家は、どうしてかよく記憶して居る。だから元の厩舎の近くに来ると、ひどく懐しがるものだと謂つて居た。

圧巻はこの続きの文章である。

斯んな生活をして馬はどし〳〵と死んで行く。死んではならぬと云ふ点だけは、僅《わずか》に人間と共通した利害であるが、さて生かして置いてどうすると謂《い》ふか。やはり二十五歳の天寿を全うする迄は、手綱轡《たづなくつわ》で駆使するばかりである。之を思ふと大津の東町仕合吉《しあわせよし》と染めた（筆者注・馬の）腹掛も当《あて》にならぬ。其《その》仕合《しあわせ》は結局飼主の仕合で、馬の幸福は馬自身が考へ出すまで、まだ此世の中には存在はせず、馬の神と謂つても実は人間の神で、馬が祭らぬ限りは御利益は馬の上には降らぬのだ。さうしてそんな事を些《すこ》しも知らぬから、馬は黙々として人に附いて、馬頭様の前を通つて居る。さも〳〵我運命を承認するかの如く、一歩毎に合点々々しながらあるいて居る。

出征の幟を立てた馬たちも、人間のようであって、やはり人間の分際を超えることはできなかった。だから戦後、人間の田中太郎は無事に復員しても、田中アオは帰ることができなかった。その命を「観音様にお返し」することもできなかったのだ。

きっと軍馬たちもまた柳田國男の言うように、暗雲垂れ込めた戦地へと、一歩ごとに合点、合点しながら海を渡って行ったのだろう。

門司湾へ行った翌々日、友人から水飲み場の写真が届いた。青錆《あおさび》の蛇口にカッと冬日が燃えていた。

野の深い暗い穴

犬の話になれば、男性ならば平岩米吉《ひらいわよねきち》、女性なら鴨居羊子《かもいようこ》の名前をあげなければならないだろう。私の中で犬をこよなく愛した人間といえばこの二人に尽きる。けれど平岩米吉を紹介するには愛犬チムとの別れを書かねばならなかったように、鴨居羊子を出せば鼻吉の死を語らねばならなくなるのだ。ああ。愛犬物語とはじつに犬との死別物語なのであって、犬を飼えばあの純愛映画『絶唱』のラストで小林旭が文金高島田の浅丘ルリ子の亡骸《なきがら》を抱きかかえたように、みずからの犬の死骸を胸にしなければならないのだ。

鴨居羊子は大正十四年に大阪で生まれた。翌十五年は年号が改まって昭和となるそんなときだ。新聞記者の父を持ち、自分も同じ職業につくが、昭和三十年に退社して、下着メーカー「チュニック制作室」を創設。本邦初の女性用カラー下着をデザインして売り出した。

今なら誰でも知っているスキャンティも、当時の羊子の命名である。彼女のエッセイ

「わたしは驢馬《ろば》に乗って下着をうりにゆきたい」（『女は下着でつくられる・鴨居羊子コレクション1』国書刊行会）によると、スキャンティは従来のパンティより股繰りが切れ込んで少量の布面積で足りる上に、脚が長く見え、股繰りの斜線によって脚入れがらくだとある。

スキャンティの機能を押し進めたのがバタフライ式で、こちらはペペッティと命名した。身につければ小さな薔薇のように可愛くて、こういうものはヌードダンサーの専用にするのはもったいないと、彼女は屈託なく書いている。時代の寵児となった彼女は、一方でごうごうたる非難も浴びるが気にかけるふうもない。スキャンティの旗を振って、鴨居羊子は日本下着の開花期を独り行く。

着流しの明治男の平岩米吉と、スキャンティの旗を掲げた鴨居羊子の取り合わせは好対照だ。もし二人がファンファーレと共に愛犬同好会か何かの舞台に上がったら、平岩は当時まだ珍しい鴨居羊子の金髪に眼を瞠《みは》ったことだろう。

羊子が自分の髪を金髪にした理由はふるっている。「少しでもライオンの気持ちをわかりたい」というものだった。女が髪を染めるのに、オシャレだとか西洋への憧れのほかにもそんな理由がつくとは思いもよらなかった。これを門司港の軍馬の水飲み場に同行した赤毛の女友達に話すと、彼女もうなずいた。

「そう、そう。それよ。髪、染めるとね、ワイルドな野性の気持ちが湧いてくるのよ」

若い頃の鴨居羊子はもっぱら野良犬や野良猫と交流した。道端での立ち話は犬語や猫語のムニャムニャで通じたという。そんな野良が大阪の町から減っていった頃、羊子は初めての犬を飼うため、和歌山県に近い深い山道を車で走った。友人の伝手《つて》で農家に生まれた子犬をもらいに行ったのである。

先方の家の母犬はコリーで、忍び込んできたならず者の雄犬は近所のシェパードだった。それで生まれた子犬は、純血種の犬は嫌いだがシェパードのような逞《たくま》しい犬が好きという、羊子の我が儘《まま》にあつらえたような子犬だった。

緑深い渓谷を走る羊子の車はローズ色のオープンカーだった。たぶん車種はジャガーだろう。その車から大柄な金髪の女が犬をもらいに降りてきたときの、家の人たちの様子が想像できる。子犬は羊子を見ると、この家の七歳位の末娘にしがみついた。この場の情景は『のら犬・のら猫・鴨居羊子コレクション2』（国書刊行会）に収められている。

> 私はうれしく、のぼせて浮かれていたため、やたらにはしゃいで子犬と一しょに夢中で車にのったが、ふとみると、（筆者注・その家の）末娘がそっぽを向いて涙を流していた。女の子の宝ものを横どりして、アカンベエーをして帰るような工合だった。こと動物に関しては、どんなに小さい子供でも、立派に大人と対等なものだ。女の子は子犬や母犬の性

格や育て方などを私に話してくれたが、それはどんな大人よりも英知と愛情があった。

（中略）

末娘の悲しみを同情するには、私の喜びの方が大きすぎた。ずしりと手に重たいこの小さい末たのもしい生きものは、千鈞《せんきん》の重みであった。こうして宝ものをのせて山あいを走っていると、晩秋の陽はまたたく間に暮れていった。でも暗く寒い山道もこわくなかった。子犬を得た日のあたたかい喜びは、多くの人が、少年や少女の日に味わうなつかしいけものくさい喜びだ。

昔、子供のころ、家にいたクリーム色の犬と、日曜日におにぎりをつくって遠足にゆくというのが、私のたのしみだったが、大人になっても、いまも、私の望みは、いつもおにぎりをつくって犬と遠足に——である。

オープンカーの助手席に、未知の夢そのもののように無心にねむる小さい子犬とのピクニックがもう始まっていた。

このあたりは何だか盗賊がよその子を攫《さら》って行くようだ。攫い盗ってローズ色のジャガーに乗せて、ヤッタ、ヤッタ！と快哉《かいさい》を叫んでいるようである。

子犬の名前はもらう前から「鼻吉」と決まっていた。犬は怪しむときは鼻で嗅《か》ぎ、怒ると鼻に横じわを寄せ、うれしいと鼻をすり寄せてくる。だから一緒に暮らす犬は「鼻吉」

でなければならない。初代の鼻吉が死んだ後二代目を飼った時も、その名前は動かなかった。

羊子の犬の飼い方にはどこか男性的な大味がある。下着制作会社の社長兼デザイナーだから毎日仕事に出かける。それで普通の男たちが会社へ行って帰ってきてどたりと犬のそばに横になるように、のんびりしている。それで躾も積極的にやるふうではない。たまにこんなことを教えてみる。

ある晩、ねそべってテレビをみていたら、手をのばしてもうちょっとというところにミカンがあった。立ち上ってミカンをとりにゆくのが何としても面倒くさい。あのバカの大犬が、それぐらいのことはしてもよさそうなものだと思い、私は鼻吉に判るように、ゆっくり言った。

「鼻吉。そのミカンをもってきてちょうだい。お姉ちゃんに。ミカン。もってくる」

何べんも言った。ひっくり返ってねていた犬は、素速く起き上って、私の言葉を考えはじめた。長い鼻とかしこそうな眼つきは、いかにも判ってそうにみえるが、やっぱりバカなんだなあ。ミカンを指さして何べんもくり返す。犬は次第に深刻な顔つきになり、ミカンと私の中間に正座して眉の間にシワをよせて考えはじめる。

そうやってしばらく「ミカン。お姉ちゃん」をくり返すうち、鼻吉はそーっとミカンをくわえ、おそるおそる羊子の方へ向いたのである。羊子は「そうだ」と言ってミカンを受け取ると、褒美に机の上の饅頭を一個与えた。それからもう一度「ミカンを持ってこい」と言うと、鼻吉は今度はあわてて机の上へ飛び乗り、饅頭をくわえてきたのである。

ミカンとほうびのまんじゅうがこんがらがるところが、この犬のお先っ走りのところだが、それ以来、命令もせぬのにやたらとミカンをくわえてきて、客が来ようものなら、順ぐりに一人ずつにミカンをくばり、そしらぬ顔をしていると、ミカン一箱を箱ごとくわえてきて、客の前でふりまわしたりするようになった。

現代の大型犬を飼っている家の主婦なら、このくらいの芸当は犬に教えることができるが、当時は家庭犬の訓練所なんてめったになかっただろう。それに、羊子の頭の中にも犬を調教するなどというしかつめらしい考えはなかったに違いない。犬と羊子は友達なのだ。あれほど宝物と喜んだ鼻吉を、バカの大犬などと呼ぶのも、つまりはそんな自然な犬が好きだったからである。

羊子がよく使う言葉に「私の家来の犬たち」というのがある。犬は鼻吉であれ、野良犬であれ、常に鴨居羊子の家来なのだ。後年は猫も飼っていたが、猫には「私の家来」の枕詞は用いなかった。いったい家来って何だろう。鼻吉は飼い主のベッドに寝そべっているのだから番犬でないのは確かだ。

羊子が遺した沢山の犬の絵には、彼女が作ったカラフルな透け透け下着の女のそばに、いかにも鼻吉らしい顔と鼻がやけに長い、むくつけき、野郎のような、けれど愛嬌たっぷりの犬たちが控えている。

羊子は女の下着を作り続ける。ナイロン・トリコットの七色のスキャンティ。バタフライ式のペペッティ。花びらのように透けるブラジャー。ひらひらふわふわした柔らかい女の体を包むものが、鼻吉のご主人様の手から生まれていく。鼻吉はそんな彼女のそばに寝そべって自分の足をなめたり、イビキをかいて寝て、張り番をしたりするのである。

そうして、いよいよ別れのときがやってきた。

昭和四十七年春に長く病んでいた羊子の母が逝き、秋に初代の鼻吉も急死したのである。鼻吉は腹部の手術を受けていて、それが成功したかに見えたが容態が急変したのだ。羊子は庭の小さな花をリボンでつなぎ合わせて鼻吉の首輪を作り、沖縄にヨット旅行したとき持ち帰った鮮やかな大漁旗に亡骸《なきがら》を包んだ。

凱旋将軍のように華やかにしてやりたい。花の首輪をし、馬の鈴をつけ、私の一ばんいい写真もいっしょに入れてやろう。なんなら一しょに死んだっていい。（中略）犬の鼻面にほおずりした。真黒な瞳はうるんで美しく、しかし、不思議にどこも見てはいない。私は見すてられたような気になった。昨日のしずかな接吻《せっぷん》を思いだした。あのとき、もう一度、接吻すればよかった。人間の私が、動物の前へひざまずいて〝いま一度の接吻を〟とこいねがっているのに、犬は自然界へ、動物だけの世界へもどってしまった。私は見すてられてしまった。

鼻吉は花を胸に抱え、花の首輪をし、羊子の写真と共に旗にくるまれて、当時はまだ犬猫の個人墓はなかったようで、動物の無縁墓地へと運ばれて行った。そのとき羊子の脳裏に浮かんだ動物たちの行く冥府のイメージは衝撃的である。

私は荒野の中に深く掘られた動物の無縁墓地を想像した。その墓地の入口はハスカイに掘られていて、次第に野の裏側――つまり野面の内側の暗い地下の世界へと誘導する。犬と一しょにその坂道をずるずると入ってゆきたいという思いが、私をひきずった。

私はその光景を目に浮かべて戦慄する。野の下の巨大な動物の冥府。そこへ至る暗く急傾斜の長い穴の恐怖。そんな所へ大漁旗を引っ被ってたった一匹で旅立って行く鼻吉の姿……。花の首輪に馬の鈴が鳴る。

「あばよ。お姉ちゃん！」

鼻吉の声がした。

その年、鴨居羊子は四十七歳。彼女自身の六十六歳という若過ぎる死までに、あと十九年の月日が残っていた。

犬の歌

世の中には特別な能力を持つ人がいて、デザイナーの鴨居羊子などという人は犬と話ができたそうだ。元新聞記者だった彼女は文章も沢山書いていて、犬のエッセイを読むと、町で出会った行きずりの野良犬と犬語でムニャムニャとしゃべったという。

一頭のラブラドールにさえ手を焼いている私には、こういう人は選ばれた能力という気がする。そしてその最たる人は何といっても、動物行動学者の平岩米吉だろうと思う。

平岩は昭和四年まだ拓けていなかった東京目黒の自由が丘に、私財を投じて三千坪の土地を求めた。そこに家族と共に移り住むと、何と、犬と狼、それからジャッカル、狐、狸、ハイエナ、山猫、麝香《じゃこう》猫、月の輪熊といった動物たちを、自然のかたちで飼育して生態研究をおこなった。

彼の名著『犬の行動と心理』（築地書館）を開くと、当時の彼と家族と動物たちの写真が載っている。そこに写っている長身の平岩は洋服でなく着物姿だ。それも着流しスタイルで、大きなシェパードや狼を抱いている。熊と二人（?）で撮った写真もある。

猛獣に着流しとは、昔の人はカッコいい。しかしさぞ着物に毛がついて大変だったろうと想像するけれど、動物の好きな人は毛も苦にならないのである。平岩にとって着流しは日常の普段着で、動物と一緒にいることもまた普段の暮らしなのだろう。

別の写真を見れば平岩米吉の妻も着物姿で、何の苦もなくシェパードや熊の子の世話をしている。それが絣《かすり》のような仕事着でなく、いかにも当時の深窓の令夫人という趣で、熊を膝に遊ばせている。おかっぱ頭の女の子はハイエナと戯れていた。この幼い少女が現在は父平岩米吉の遺志を継ぎ、『動物文学会』を主宰する平岩由伎子《ゆきこ》さんである。

彼女の回想記によると、父米吉は狼に犬のようにボールを投げて取ってこさせたり、食べている最中の食器を取り上げたりもしたという。犬と違って狼はいったん口にくわえると絶対に離さない。それを奪えば攻撃する習性がある。普通では信じられないことだという。

昭和九年、満州国皇帝から秩父宮家に贈られて上野動物園へきたシベリア系の雌狼は、とくに平岩に馴れて彼が訪ねてくると喜びのあまり尿を洩らし、帰るときは檻に前脚をかけて立ち上がり、後ろ姿を見つめて、ついに見えなくなると遠吠えして呼び続けたという。

平岩米吉は明治三十一年に東京亀戸の豪商の長男に生まれた。幼時から川端玉章について日本画を習ったが、動物学、心理学、国文学、仏教学はすべて独学というから普通の経歴とはかけ離れている。

昭和三年に『日本犬保存会』を創立。九年に『動物文学会』を作って動物文献を収集整理し、シートンなどを世に紹介した。しかし何といっても平岩米吉の最大の功績は、昭和十二年『フィラリア研究会』を設立して、犬の難病克服の道を拓いたことだ。このワクチンができるまで多くの犬が短命だった。犬の救命ワクチンと共に、平岩の名はもっと世に広く知られてもよいと私は思う。

さて狼もいる。狐、狸にハイエナ、熊などもいる平岩家の動物群中、最も主人のそば近くにいた幸福な生き物はほかならぬ犬たちだった。

彼らの行動生態を観察するため、平岩米吉が選んだ犬種は聡明で敏捷《びんしょう》なシェパードだった。その初代はオスのチムとメスのプッペである。それからこの夫婦に八頭の二世が生まれる。次はその子のギンコから七頭が生まれ、またその子から十頭が生まれるという具合に殖やしていく。そうやって何代もの犬の一族の生態を調べるうち、平岩米吉は四十数年の間に七十頭あまりの犬を育てたのだった。

初代のシェパードのチムは、平岩が銀座へ行くときも車に乗ってついて行く。するとチムの妻のプッペは戸口で何時間でも夫の帰りを待っている。二頭はじつに仲の良い夫婦だった。さて主人のお供をするチムは歩きながらときどき平岩の顔を振り仰ぎ、主人の意志を確認する。そして松屋デパートに入ると、エレベーターの昇りと降りを間違えることなく扉の前で待ったという。

しかし、こんな賢いチムの寿命はわずか四年四ヵ月で絶たれた。急な死は平岩がたまたま置いて出かけた留守中に襲ったのである。妻からの電話を聞いて駆け戻った平岩は、すでに息絶えて空虚な目を見ひらいているチムの亡骸に迎えられたのである。その夜、友人の画家を招んでチムの死に顔を描いてもらうため、夜明けまで亡骸のそばにいた。

彼の著である『私の犬』（築地書館）には、そのときの心境を綴った名品の随筆がある。

> 思えば、彼はその一生をあげて無限の愛と忠誠とをもって私に仕えた。しかも、その最大の希望、最大の幸福はじつにただ一つ、私と共に在るという一事であったのだ。私はしだいに画布の上に写されていく彼の面影を見ながら、いまさらのごとく、私と彼との長い愛の生活を思い出さざるを得なかった。庭を疾駆《しっく》して警戒の任をつくした彼、芝生に寝て子供達の相手をした彼、荷物を運んだり散策の供をしたりした彼、さらに種々な会合や宴席にまで私とともに姿を現わした彼、——そして、敏捷な耳、輝く目、精悍《せいかん》な歩調、あらゆる彼に関する記憶が断続する映画のごとく油然として胸を浸してくるのだった。

翌昼、平岩は倒れ込むようにチムの枕元で眠ると、午後からチムの遺体を庭の犬舎に運び、友人の医者に依頼して解剖をした。死因は大量のフィラリアによる肺動脈の栓塞《せんそく》だった。続いて開けた心臓にもその憎むべき虫は充満していたのである。
すべての虫をピンセットで取り除き、再びチムの腹を丁寧に縫合すると、犬の顔が穏やかに見えた。その間、庭の犬たちはリーダーの身に何事かが起こったことを感じて、エサも食べず平静を失ってうろつき、遠吠えするのである。平岩はチムの妻のプッペと子供のギンコに別れを告げさせるため、亡骸を置いた書斎に入れた。すると二頭は理解しがたい恐怖に打たれて立ちすくんでしまった。

走ること、飛ぶこと、吠えること、その他生活のすべての軌範であった彼等の指導者が微塵《みじん》も動かなくなってしまったというこの不可思議！　それは彼等にとって真に驚異以上のものであったに相違ない。彼等は私に促されてようやく隅の方に小さく座ったが、それでもなお不安そうに辺りを見まわしていた。と、突然、プッペが私に飛びついて、夢中になってペロペロ私の顔を舐めまわした。私は瞬間、その不作法をたしなめたが、次の瞬間には妙に心に浸みわたるものにぶつかってしまった。それは感傷に潤《うる》んだプッペのいじらしい視線で、彼女はまさしく、私に救助を求めて来たのだ。彼女の夫の尋常《ただ》ならぬ有様を、万能の神、私こそ回復せしむることができると思っているのだ。しかも、私には何事もなし得ない。私は黙って彼女の両手を支え、その頭を撫でながら心の内で彼女に詫びた。プッペ、（プッペ、お前の夫は死んだのだ。そして、私にはどうすることもできないのだ。プッペ、

許してくれ）

このくだりは平岩がチムとの愛の生活を回想する場面にも増して、もう一つさらに深く胸を打つ。犬の夫婦の別れの何といううつくしさだろう。

やがて夕月の光が射し込む頃、花々とともに庭へチムの亡骸を埋めるときがきた。

私に並んで彼の頭を撫でていた妻は黙って面《おもて》を伏せてしまった。

「チム、長い間、よくお家を守って下すってありがとう」。子供達も庭に下りて、さびしそうに彼を見送っていた。

短い、しかしながら厳粛な沈黙の時が過ぎた。

「チム、さようなら」

「チム、さようなら」

私はついに棺を閉じた。

ついで、私は彼の棺を庭内の小山の上に運んで、静かに、その中央に掘った穴の底に横たえた。そこは彼がいつも好んで戯れたり佇んだりしていたところなのだ。しばらくの間、棺の蓋の上に落ちる鈍い土の音がつづいていたが、やがて、その白い木はまったく見えなくなってしまった。同時に、私の眼界からチムの姿はついに永久に消え去ってしまった！

あたりは、すっかり暮れ果てていた。

平岩米吉は歌人としても名が高い。その彼が遺した歌集に『犬の歌』（動物文学界）がある。

彼はそのまえがきに犬の一生の短さを嘆いている。二、三歳になれば子を生み、四、五年で犬の一家は二、三代を経過する。そして十年あまりで犬たちは早々と自分の一生を駆け抜けて、愛してやまなかった主人の元を去って行くのである。

そんな犬と共に暮らした平岩米吉の四十年間は、われとわが手で産ませ育てた犬たちを、わが手の中で看取る年月だったのだ。その犬の数が七十頭に余るのである。彼はこの残酷な痛ましさに堪えねばならないと記している。

だからこの愛の歌集は惻々《そくそく》として胸をえぐる。

はぐくめば果《はて》は亡《う》せゆく命《いのち》なれ、なほやみがたし犬のいとしさ
犬なればよしあしはなし、ひたむきに命《いのち》かたむけ馴寄《なよ》るかなしさ

と、生きていてもこの愛は切なく、まして死んだ犬に寄せる悲しみはさらに深いのだ。

老病《おいや》みに痩せし遺骸《むくろ》よ寒からむと沓下《くつした》はかせ行かしめにけり
十七年われと書斎にくらしたる犬の生涯ここにおはれり
犬らみな生命《いのち》を委《ゆだ》ね生きゐしをわれのいたらぬ悔《くい》ぞ多かり
生きゐしが世になしといふおそろしさ突きあぐるごと時におそひ来《く》

犬という生き物はもともと人間の作ったもので、飼い主への絶対の愛を抱いてこの世に生まれてくる。その犬の愛にこれほど応えた主人を持った平岩家の七十頭のシェパードは幸せだった。

けれど人間の愛はじつに悲しみなのだと、私は『犬の歌』を見ながら思うのである。

雨に濡《ぬ》るる夜半《よは》の墓石《ぼせき》よ暗けれど安らにあらむわれも眠らな

平岩米吉はすべての犬を看取り終えて、昭和六十一年に永眠した。

あとがき

先日、本棚を整理していると武田百合子の『富士日記』（中公文庫）が出てきた。ハタキを置いて読み残しの頁をパラパラ繰っていると、飼い犬のポコが死んだくだりに目が止まった。自家用車に乗せて移動するとき、入れていたバスケットの中で蓋に首を挟まれて死んでしまったのである。そのときの百合子と泰淳の嘆きようといったらない。

そうして泰淳があまり落ち込んでいるので、愛犬家の大岡昇平が慰めにやってきた。

大岡さんは、昔から犬を始終飼っていた。で、いろいろな死に目に遭ったのだ。

大きな犬を飼っていたとき、鎖につながれていた犬が、そのまま垣根のすき間から表へ出てしまい、大きな犬だったのに石垣が高いので下まで肢が届かず、首を吊ったようになって死んでしまった。道を通りかかった御用聞きだか配達だかの男の子がみつけて報せてくれた。「絞首刑だな。自殺というか……」

大岡さんは、そのほかにも、犬の死に方のいろいろを話された。そして急に「おいおい。

もうこの位話せばいいだろ。少しは気が休まったか」と帰り出しそうにされた。「まだまだ。もう少し」。主人と私は頼んだ。大岡さんは仕方なく、また腰かけて、思い出すようにして、もう一つ、犬の死ぬ話をして帰られた。（昭和四十二年七月十九日）

　思わず読みながら泣き笑いした。生と死の禁忌を衝《つ》く『ひかりごけ』を書いた武田泰淳や、実存主義的戦争体験の『俘虜記』『野火』の著者の大岡昇平が、飼い犬の死にこれだけかまけているのだ。そうか、そうか。彼等だって犬に泣いているのだから、女子供の私などが犬に振り回されても仕方あるまい。

　世に言う犬好き、猫好きはとかく世間に肩身が狭い。飼い犬が死んで荼毘《だび》に付すのに勤めを休む口実がない。仕方なく言い訳に親戚・知人を死なせた人もいるだろう。生きものを飼ったことのない人間には、たかが犬の死、猫の死、なのである。顔で笑って心で泣いて、ペットの死に耐えねばならない。しかし『富士日記』を読むともう大丈夫である。

　いつもより暑かったのだ。一時間ごとにトランクから出してやる休み時間までが待てなかったのだ。ポコは籠の蓋を頭で押しあけて首を出した。車が揺れるたびに、無理に押しあけられた蓋はバネのようにポコの首を絞めつけた。ひっこめることが出来なかったんだねえ。小さな犬だからすぐ死んだんだ。薄赤い舌をほんのちょっと出して。水を一杯湛えたような黒いビー玉のような眼をあけたまま。よだれも流していない。不思議そうにものを視つめて首を傾げるときの顔つきをしていた。トランクを開けて犬をみたとき、私の頭の上の空が真青で。私はずっと忘れないだろうなあ。犬が死んでいるのをみつけたとき、空が真青で。

埋める穴は主人が掘ってくれた。とうちゃんが、あんなに早く、あんなに深い穴を掘った。穴のそばにぺったり坐って私は犬を抱いて、げえっというほど大声で泣いた。

（昭和四十二年七月二十日）

私は四十歳を過ぎて、ふとしたきっかけで義弟の家から犬を一頭貰った。初めて犬の子育てと、十年後の死を経験して、今は二匹目の犬を飼っている。その間に生き物を育てるということ、動物と一緒に暮らすということが、どんなことなのか初めて味わった。またこれら二匹の犬と関わるうちに、民俗学の柳田國男や、イヌ科の生態研究の平岩米吉などの著作を知った。おかげで今までは命といえば人間の側からしか見えなかったものが、動物の側を通して色の深まっていく世界を見た。

そこで七転八倒の「犬の子育て編」と、また年来生き物の生と死、命について考えていたことを、ここに一つにまとめてみた。未だに自分が愛犬家という意識はない。それならばいったい私は何なのだろう。つまり、何というか、生きて、動いて、やがて死んでいくものたちのことが気になって仕方ない人間、ということになるだろう。

二〇〇五年八月末

村田喜代子

文庫版あとがき

わが家の二階の窓から眺めると、住宅団地の上から降りてくる坂道が秋日を受けて真っ白に照っている。あの坂の中途の日陰で犬の散歩仲間が集まったひとときを思い出す。大きな犬から、小さな犬まで。八十過ぎのおばあさんから四、五十代の主婦たちも。みんな自分の犬の話をした。

今その坂に集まる人影はない。

犬の寿命は十数年ほどだ。猫より少し短い。おばあさんたちはまだ生きておられるが、犬がいなくなったのでもう出てこない。みんな次の犬を飼うにはそれぞれ齢をとった。ひとけのない坂道はただ日射しが降るばかり。

わたしも三代目の大型犬を飼うには、齢をとりすぎたので坂道を一人で散歩する。十分くらい坂を登ると谷へ降りる石段がある。そこへほぼ毎日通っている。往復一時間未満。谷と池をまわって七千歩くらい歩く。ウオーキングが長続きするのは「友だち」がいるからだ。犬の次にできた友だちは谷の樹木たちである。

つくづく見ていると木は人と似ている。一本の木の全体を眺めると、幹が胴体で根方は足だ。枝の方へ眼を向けると繁った枝葉の奥に何となく木の顔が潜んでいて両眼がある。こっちを見ている。最近は声をかけると、ゾワゾワゾワゾワと見えない冷気みたいなのを送ってくる。

年上の女友だちを連れて行くと、わたしが何も言わないうちから、

「ねえ、このしんしんと流れてくる風みたいなの何なの？　気持いいわァ」

と気が付いてくれた。これが犬のルビィとユーリィの後にできたわたしの友だち。タブノキの「タブちゃん」である。最近は石段の上から降り始めるともう早々と感付いて、ゾワゾワゾワと冷気を送ってくる。

みんな友だちだ。

二十年ほど海峡を渡って下関の大学に週一回ゼミを持って通っていたが、昼になると『海響館』という水族館の中にあるレストランで、先生たちと食事をした。この本のエッセイに紹介したが、壁の代わりにイルカの大きな水槽がはめ込まれて、彼らがガラス越しにピッタリ近づいてくるのである。

「はい、どうぞ」

と、飲んでいるグラスを近づけるとイルカの巨体がグウーンと反転し、やがて逆様になる。突き出した口をコップに近づけるけど飲めない。分厚いガラスの向こうでまた反転、

また一回りして逆回転。この愛らしさ何かに似ている。調べてみるとじつは、イルカと犬は種が近いらしかった。ほんとかな？

わたしは今もたまに海を越えて彼らに会いに行く。

イルカも木も尻尾はないが、わたしの友だち。それをまたわたしの人間の友だちに大いに自慢している。

二〇二二年十月

村田喜代子

Ⅰ　薔薇を殺そう

犬をとるか＊／ルビや＊／鍋のような犬＊／波の引いたあと＊／午後の窓＊／王女の素姓＊／初めての秋＊／ボールの笛＊／いざなう犬＊／眼を見る犬＊／正しい犬＊／口の中＊／炎昼＊／不在のまに＊／ルビイはルビ＊／春の嵐＊／旅の前に＊／猫の道、犬の道＊／犬はニンゲン○／ルビィの耳◎／肖像画になった犬◎／命の池◎／耳と尻尾の長い列◎

Ⅱ　ラブラドールがやってきた

ラブラドールがやってきた◎／井戸の底から◎／馬と、カラスと、ユーリィと◎／ルビィの星◎／ユーリィの幼稚園◎／あんパンの躓き◎／ユーリィのこと○／海の犬・陸のイルカ◎／哀愁のラブラドール◎／いたずら復活◎／マリー・フランソアよ、永遠に◎／ドラマチック・ドッグ！◎／マックが消えた後◎／二度目の春◎／恐竜の日◎／生きものに習う（『西日本新聞』二〇一八年九月十八日）／おしっこのマーチ（『西日本新聞』二〇一二年十一月二十九日）／耳の少年（『西日本新聞』二〇一五年三月二日）

Ⅲ　動物を愛した人々

馬の仕合吉◎／野の深い暗い穴◎／犬の歌◎

本書は、『尻尾のある星座』（二〇〇五年十月、朝日新聞社、収録作品に◎）に、以下の二冊より関連作品を加え、再編集したものです。印のないエッセイは、初収録です。

＊『台所半球より』（一九九三年九月、講談社）

○『この世ランドの眺め』（二〇一一年六月、弦書房）

中公文庫

新編《しんぺん》

尻尾《しっぽ》のある星座《せいざ》

2022年12月25日　初版発行

著　者　村田喜代子《むらたきよこ》

発行者　安 部 順 一

発行所　中央公論新社
〒100-8152　東京都千代田区大手町1-7-1
電話　販売 03-5299-1730　編集 03-5299-1890
URL https://www.chuko.co.jp/

ＤＴＰ　平面惑星
印　刷　三晃印刷
製　本　小泉製本

Published by CHUOKORON-SHINSHA, INC.
Printed in Japan　ISBN978-4-12-207300-5 C1195

各書目の下段の数字はISBNコードです。978－4－12が省略してあります。

中公文庫既刊より

む-32-1　屋根屋　村田喜代子

雨漏りの修理にきた屋根屋、永瀬は、夢を自在に操れるという。主婦の「私」は永瀬に導かれ、夢で落ち合い、旅を重ねるようになるが……。〈解説〉池澤夏樹

207236-7

い-3-2　夏の朝の成層圏　池澤夏樹

漂着した南の島での生活。自然と一体化する至福の感情——青年の脱文明、孤絶の生活への無意識の願望を描き上げた長篇デビュー作。〈解説〉鈴村和成

201712-2

い-3-3　スティル・ライフ　池澤夏樹

ある日ぼくの前に佐々井が現われ、ぼくの世界を見る視線は変った。しなやかな感性と端正な成熟が生みだす青春小説。芥川賞受賞作。〈解説〉須賀敦子

201859-4

い-3-4　真昼のプリニウス　池澤夏樹

世界の存在を見極めるために、火口に佇む女性火山学者。誠実に世界と向きあう人間の意識の変容を追って、小説の可能性を探る名作。〈解説〉日野啓三

202036-8

い-3-6　すばらしい新世界　池澤夏樹

ヒマラヤの奥地へ技術協力に赴いた主人公は、人々の暮らしに触れ、現地に深く惹かれてゆく。人と環境の関わりを描き、新しい世界への光を予感させる長篇。

204270-4

い-3-8　光の指で触れよ　池澤夏樹

土の匂いに導かれて、離ればなれの家族が行きつく場所は——。あの幸福な一家に何が起きたのか。『すばらしい新世界』から数年後の物語。〈解説〉角田光代

205426-4

う-9-4　御馳走帖　内田百閒《ひゃっけん》

朝はミルク、昼はもり蕎麦、夜は山海の珍味に舌鼓をうつ百閒先生の、窮乏時代から知友との会食まで食味の楽しみを綴った名随筆。〈解説〉平山三郎

202693-3

う-9-5
ノラや
内田　百閒
ある日行方知れずになった野良猫の子ノラと居つきながらも病死したクルツ。二匹の愛猫にまつわる愛情と機知とに満ちた連作14篇。〈解説〉平山三郎
202784-8

う-9-10
阿呆の鳥飼
内田　百閒
鶯の鳴き方が悪いと気に病み、漱石山房に文鳥を連れて行く……。『ノラや』の著者が小動物たちとの暮らしを綴る掌篇集。〈解説〉角田光代
206258-0

う-9-12
百鬼園戦後日記Ⅰ
内田　百閒
『東京焼盡』の翌日、昭和二十年八月二十二日から二十一年十二月三十一日までを収録。掘立て小屋の暮しを飄然と綴る。〈巻末エッセイ〉谷中安規（全三巻）
206677-9

う-9-13
百鬼園戦後日記Ⅱ
内田　百閒
念願の新居完成。焼き出されて以来、三年にわたる小屋暮しは終わる。昭和二十二年一月一日から二十三年五月三十一日までを収録。〈巻末エッセイ〉高原四郎
206691-5

う-9-14
百鬼園戦後日記Ⅲ
内田　百閒
自宅へ客を招き九晩かけて還暦を祝う。昭和二十三年六月一日から二十四年十二月三十一日まで。索引付。〈巻末エッセイ〉平山三郎・中村武志〈解説〉佐伯泰英
206704-2

う-9-15
追懐の筆 百鬼園追悼文集
内田　百閒
夏目漱石、芥川龍之介ら文学者から、親友・宮城道雄、学生、飼猫クルツまで。哀惜をこめてその死を悼み、思い出を綴る。文庫オリジナル。〈解説〉森まゆみ
207028-8

う-37-3
カロや 愛猫作品集
梅崎　春生
吾輩はカロである――。「猫の話」「カロ三代」ほか飼い猫と家族とのドタバタを描いた小説・随筆を中心に編集した文庫オリジナル作品集。〈解説〉荻原魚雷
207196-4

お-2-11
ミンドロ島ふたたび
大岡　昇平
自らの生と死との彷徨の跡。亡き戦友への追慕と鎮魂の情をこめて、詩情ゆたかに戦場の島を描く。『俘虜記』の舞台、ミンドロ、レイテへの旅。〈解説〉湯川　豊
206272-6

各書目の下段の数字はISBNコードです。978－4－12が省略してあります。

お-2-13
レイテ戦記（一） 大岡　昇平
太平洋戦争の天王山・レイテ島での死闘を再現した戦記文学の金字塔。巻末に講演「『レイテ戦記』の意図」を付す。毎日芸術賞受賞。〈解説〉大江健三郎
206576-5

お-2-14
レイテ戦記（二） 大岡　昇平
リモン峠で戦った第一師団の歩兵は、日本の歴史自身と戦っていたのである――インタビュー「『レイテ戦記』を語る」を収録。〈解説〉加賀乙彦
206580-2

お-2-15
レイテ戦記（三） 大岡　昇平
マッカーサー大将がレイテ戦終結を宣言後も、徹底抗戦を続ける日本軍。大西巨人との対談「戦争・文学・人間」を巻末に新収録。〈解説〉菅野昭正
206595-6

お-2-16
レイテ戦記（四） 大岡　昇平
太平洋戦争最悪の戦場を鎮魂の祈りを込め描く著者渾身の巨篇。巻末に「連載後記」、エッセイ「『レイテ戦記』を直す」を新たに付す。〈解説〉加藤陽子
206610-6

お-2-18
成城だより 付・作家の日記 大岡　昇平
文学、映画、漫画……闊達に綴った日記文学。一九七九年十一月から八〇年十月まで。「作家の日記」を併録。全三巻。〈巻末付録〉小林信彦・三島由紀夫
206765-3

お-2-19
成城だよりⅡ 大岡　昇平
六十五年を読書にすごせし、わが一生、本の終焉と共に終らんとす――。大いに読み、書く日々。一九八二年一月から十二月まで。〈巻末エッセイ〉保坂和志
206777-6

お-2-20
成城だよりⅢ 大岡　昇平
とにかくひどい戦後四十年目だった――。防衛費一％枠撤廃、靖国参拝……戦後派作家の慷慨。一九八五年一月から十二月まで。全巻完結。〈解説〉金井美恵子
206788-2

お-51-1
シュガータイム 小川　洋子
わたしは奇妙な日記をつけ始めた――とめどない食欲に憑かれた女子学生のスタティックな日常、青春最後の日々を流れる透明な時間をデリケートに描く。
202086-3

各書目の下段の数字はISBNコードです。978－4－12が省略してあります。

ち-8-6
富士日記を読む
中央公論新社 編

小川洋子、苅部直、平松洋子、村松友視各氏による書き下ろしエッセイと、各紙誌に掲載された書評を収録。写真多数、文庫新版に対応する人物索引を付す。

206789-9

た-80-1
犬の足あと 猫のひげ
武田 花

天気のいい日は撮影旅行に。出かけた先ででくわした奇妙な出来事、好きな風景、そして思い出すことどもを自在に綴る撮影日記。写真二十余点も収録。

205285-7

ほ-16-1
回送電車
堀江敏幸

評論とエッセイ、小説。その「はざま」にある何かを求め、文学の諸領域を軽やかに横断する——著者の本領が発揮された、軽やかでゆるやかな散文集。

204989-5

ほ-16-2
一階でも二階でもない夜 回送電車Ⅱ
堀江敏幸

須賀敦子ら7人のポルトレ、10年ぶりのフランス長期滞在で感じたこと、なにげない日常のなかに見出した秘蹟の数々……54篇の散文に独自の世界が立ち上がる。〈解説〉竹西寛子

205243-7

ほ-16-3
ゼラニウム
堀江敏幸

彼女と私の間を、親しみと哀しみを湛えて、清らかな水が流れていく——。異国に暮らした男と個性的で印象深い女たちの物語。ほのかな官能とユーモアを湛えた珠玉の短篇集。

205365-6

む-4-10
犬の人生
マーク・ストランド
村上春樹 訳

「僕は以前は犬だったんだよ」……とことんオフビートで限りなく繊細。村上春樹が見出した、アメリカ現代詩界を代表する詩人の異色の処女〈小説集〉。

203928-5

よ-39-6
レインコートを着た犬
吉田篤弘

〈月舟シネマ〉の看板犬ジャンゴは、「犬だって笑いたい」と密かに期している。小さな映画館と、十字路に立つ食堂を舞台に繰り広げられる雨と希望の物語。

206587-1

ト-6-1
犬の行動学
トルムラー
渡辺 格 訳

愛犬との生活で過ちをおかさないために——人類の最高のパートナーの知られざる本質を探り、自然の理にかなった真にすこやかな共存の形を提案する。

203932-2